不负风景，不负韶华

Bu fu fengjing Bu fu shaohua

阳婷 著
Yang ting

中国华侨出版社

序
写给梦想远方的你

大学时，察觉自己对生活懵懂无知后，我突然开始思索"人活着的意义"。

老子、孔子、庄子、苏格拉底、柏拉图、亚里士多德与尼采等，都开始迷糊地出现在我的世界，却只是擦肩而过。

一转身，对于"活着的意义"究竟何在，我却依旧困惑如初。

人潮拥挤中，我被推搡着一步步往前。来不及细思量，便已走过大学，步入社会。

实习、入职、工作、创业。

我很努力很努力地开始生活。

管它"活着的意义"，见鬼去吧。那只会给自己徒增烦恼。赚钱、攒钱、买房、买车、结婚、生子，这不就是人的生活吗！

这就是活着的意义啊。

某一天，清理房间时发现几本日记及摘抄，上面已满是尘埃。随手翻了翻，一张叠成两半的手写纸掉了出来。摊开一看，是21岁那年给自己写下的"30岁前一定要做的50件事"。

一转眼，已过了5年。生活，已被塞满"重要且必要"之事。工作时，挑选产品、整理店铺、回复邮件、接收订单、打包发货；闲暇时，聚朋友、看电影、逛商场、慵懒度日。

呵，突然发现自己像极了一部井然有序的机器！

这颗脑袋，便是一台已被植入程序的电脑，无意识状态下也能指导这机器的每日运行。翻到眼前这"50件事"后，犹如电脑遭到病毒入侵，机器开始出现故障。手忙脚乱地装入"杀毒软件"，想扫描并清理掉这些"病毒"。然而，毒似乎已入侵主机深处，如"在肓之上，膏之下，攻之不可，达之不及，药不至焉，不可为也"。这台机器，已病入膏肓。

这"病毒"总在我最没有防备的时候席卷过来。肆无忌惮，势不可当。

我，却似乎毫无招架之力。

我开启了心不在焉、又身不由己的生活模式。

有时，店内订单增多，忙忙碌碌，直至深夜。成就之感，满溢心中。不想理会工作时，便发疯一般，一个人跑步，一个人爬山，一个人看电影。

这个世界，寂寥得只剩下自己。

偶到某个夜深人静之时，"中毒"后的消极失落，又从地老天荒处传来，直击我心。每逢这样的夜晚，我似乎被一只无形之手拉住，滑向无底深渊。

想大声呼救，却张口无声。

多少个这样的夜晚，呆呆地坐在书桌前，直到天空泛白。

再次摊开那"50件事"，终于，决定划掉两件：去印度和非洲，去做志愿者。

或许，生活真在别处。

旅行结束后，又步入"正常"生活轨道。关于那次旅行的记忆，也开始慢慢褪去。翻着旅途中写下的几本日记，渐渐远去的那些人与事，又如潮水般涌来，恍若昨日。

旅途中，或感动，或失落；或欢乐，或悲伤，那都是曾写进生命里的点滴。

环顾四周，人人都在谈论"诗和远方"。

想旅行的人说：世界这么大，我想去看看。
逼迫自己去旅行的人说：所有不能旅行的原因都是借口。
沉迷于旅行无法自拔的人说：染上旅行的瘾后，再也休想把它戒掉。
旅行过后发现亦不过如此的人，只好说：生活，或许在别处。

旅行归来，繁华褪尽，绚丽归淡，却是发现，
旅行，只不过是换了副皮囊的又一种庸碌与喧嚣。
远方，却是因承载太多梦想而早已抛锚止航的古老船只。

曾经，远方与旅行，是生活中无法触及的期待与幻想。
如今，远方与旅行，积淀为生命中无法抹去的风霜与沧桑。

旅行与远方，
并不能将我解脱于"眼前的苟且"。

生活，并不在别处。
生活，也不该在别处。

这本书，写给曾踌躇满志、以远方与旅行为梦想的自己。
写给正向往并苦苦追寻远方与旅行的你。
写给，心不在焉的生活。
写给，身不由己的你我。
不负风景，不负韶华。

目录 CONTENTS

泰国篇

003　曼谷：与远方初相见
008　乌汶：遇见未知的自己
012　森林寺庙：与孤独为伴
017　冥想：望见世界的尽头
020　清迈：爱是温柔的事物
024　追忆：逝去的如斯年华
039　印度签证：是结束更是开始

印度篇

047　加尔各答：花儿悄然开放
053　儿童之家：卑微到尘埃里
061　马坦公园：受了点儿惊吓

066 麻风病院：不再孤独于世
070 印度家庭：心生无限悲凉
073 泰戈尔：生如夏花之绚烂
076 垂死之家：似有些不真不实
081 在路上：愿生命都如花绽放
086 圣诞节：离别之愁上心头
097 新年伊始：千里共婵娟
101 卡久拉霍：生活不在别处
107 阿格拉：有惊无险遇见你
111 泰姬陵：是爱情不是神话
116 斋普尔：旅途"艳遇"
120 杰沙梅尔：独在异乡为异客
125 德里：塞翁失马，焉知非福
132 印度新婚：相见不知何月日

非洲篇

139 埃塞俄比亚：山长水阔知何处
146 亚的斯亚贝巴：街头险遇
153 首都向北：以梦为马，不负韶华

- 158 拉利贝拉：古老的城、惆怅的人
- 169 入境肯尼亚：咫尺天涯暖心间
- 175 纳库鲁：入住东非大裂谷
- 179 东非大裂谷：再次成为志愿者
- 184 卫理公会中学：如雄鹰般搏击长空
- 189 尼亚胡鲁鲁：南北半球同在脚下
- 193 基苏木：当时只道是寻常
- 202 再回纳库鲁：人生何处无别离
- 212 奈瓦莎：人与动物的共同家园
- 218 蒙巴萨：生命，量不出死亡的深度
- 222 达累斯萨拉姆：远方的苟且
- 233 玛卡巴可：教区打工换宿
- 238 伊林加：被风吹过的一生
- 242 莫罗戈罗：天空的另一半
- 248 桑给巴尔岛：梦里花落知多少

后记

- 257 不说再见
- 260 附：特别感谢

泰国篇

曼谷：与远方初相见

①

二零一三年十月六日北京时间下午三点。

从广州出发。
在曼谷着落。

去印度，选泰国开始，只因签证较便。
一场不知何处为归程的旅行，拉开了序幕。

出机舱，走过窄长的通道，进入航站楼，填写入境表。长长的队伍，人群推搡，来到入境检验口，检查表格，核对护照，盖章入境。从机场下负二楼，坐机场线抵达与沙发主约定好的站点。在轻轨站内与工作人员兑换了几个硬币，用投币电话联系沙发主。未通，原来是机器已坏。满是笑意的工作人员见状，掏出自己的手机递过来。忙伸手把硬币递过去，却被笑拒。

联系上沙发主 Golf，他称将于半小时后到，叫我原地等候。时间一分一秒地过去，天空逐渐阴沉了下来。不一会儿便下起瓢泼大雨。站内乘客稀少，不远处见着一金发碧眼的女生拖着个不小的灰色行李箱，背挎一有些脏旧的小布包，举着相机在屋檐下拍雨和底下的桥。兴致极好。

半小时过去了，一小时又过去了，沙发主依旧未出现。

我开始有些忐忑。猜想：或许，他不会来了。

靠墙席地而坐。安抚自己：再等等吧，大不了去找客栈便是。又过了十几分钟，猜测与不安加剧，想起身离开，突然有一人影出现。眼前，站了一位五官较粗犷、肤色有些黝黑的男士。正是曼谷的沙发主 Golf。忙起身，寒暄。他道歉：因是周日，车很多，加上大雨，所以路上极堵。我笑答：没关系，非常感谢你来了。

两天前的陌生人，如今的沙发主与沙发客。

②

驱车往回走。

又是堵车，走走停停，更似爬行。尚未到家，他又接到电话，说是另一位沙发客也到了，待他去接。如此看来，他也是有些辛苦的。七拐八拐后，来到一住宅区。没有高楼林立，有的是一栋栋两层的小楼房。均带独立庭院，院内种满花草。有些门墙上爬绕着盛开花朵的藤蔓植物，形成一道亮丽芬芳的门廊。最后终于停下，来到 Golf 家，亦是二层楼房。进屋，我双手合十、微微弯腰与他爸妈寒暄。

随即又与 Golf 一道回站，接另一沙友。接上后，我发现她便是当时在车站等候时所留意到的金发女。她似乎很享受这段等待的时间，所以先在此地悠闲地玩上两小时才联系沙发主。

她叫 Pala，来自意大利。她的英语带意大利口音，Golf 带泰国口音，而我则带湖南口音。初次聊天，甚是尴尬，时常陷入云里雾里，面面相觑。此情此景，让人忍俊不禁。她在外旅行流浪，已有一年多。从意大利出发，走遍欧洲各国，每处停留十几日甚至几十日。住是沙发主，行是徒步搭车，所以花费并不多。

一出门便遇上如此穷游达人，感叹不已。

旅行，或是一个旋涡，正将她愈卷愈深。

晚上回到 Golf 家，与 Pala 共用一卧室。

临睡前，她指了指自己的耳朵，朝我喊：我要睡了，有事就推我啊。

看到一根透明的线，夹在她耳朵后，一头儿伸进耳朵里。拔掉此线，如同失聪。原来是个助听器。我心里咯噔一下：难怪这一路来，同她讲话，连最简单的句子都要重复多遍。曾让我极其沮丧泄气，心想：多年英语，算是白学了。方才明白，不止是说者，听者原来也"有点儿问题"。心中虽咯噔一下，但仍只是笑着宽解她："哇，这很不错啊，随处都可以安稳地睡觉，不用担心会被人吵到！"她腼腆地笑了，并又无奈地耸了耸肩。

随即，她缓缓躺下。留给我的，是一无尽落寞的背影。

3

成为室友后，渐渐熟络，便听她说起自己的故事。

她年长我7岁，已是国内社会极为标准的"大龄女青年"。虽有时安静、有时孤僻，但总的说来，也算是个热烈大方的女子。她出生后并未见过自己的父亲，跟随母亲长大。幼时某日，母亲深夜才归，发现她已发烧良久。送去医院时，已导致神经性损伤，由此几近失聪。于常人，这该是人生多大的缺失与阴影啊！

我轻声问："那你恨她吗，或者他？"她淡淡地说："事已至此，恨，也谈不上。"

无尽的时光，照在人身上，总有一天将穿透你心。

再若无其事的，再隐蔽晦暗的，终究会显露。

高中时，她恋上一年长自己十几岁的男子。毕业后并未选择继续念大学，而是追随他来到农场。

喂马，劈柴。春暖，花开。

那时她以为，这就是一辈子。未料，最后，他却与她的亲密女友牵手而去。落寞与哀伤，独自留给她。结局谁人能料。

她小心翼翼地从钱包中掏出一张照片，是他与她的合照。男子戴着黑框眼镜，眼神深邃明亮。那时的她，笑意充盈，幸福满溢。未料，这世间事，似总要充满遗憾，才能令命运尽兴。

爱，说来便来，说走即走。似不为任何人永留。

曾有过的山盟海誓，不过瞬间便坍塌幻灭。

如她所说：每个人心中都有个收纳盒，里面盛放着那不愿提及，又无法舍弃的过往。

她又说：旅行，有人为逃离，有人为艳遇，有人为等待一切将要发生的事，有人为忘却一切已发生了的事。她称自己属最后一种。

我却想与她说：耽于记忆的人，纵然经历漫长时光，行过万水千山，亦不过是画地为牢。

但，我终究未开口。这话，或许太重了些。

每个人，都有着无法复制的经历。未料，一出门便遇上如此心塞的故事。这，让初出国门的我，变得有些无端郁闷起来。

看破，便放下。自在，才可得永生。

④

不知不觉，我已在 Golf 家借宿近一周。

其间，在家中待了整整两天。日上三竿才起。我与阿妈学做本地家常菜；帮 Golf 弟弟在塑料拖鞋上刻画图案（他每周日会拿去到集市上出售）；与阿爸一起为花草剪枝施肥。

其余时候，便与 Pala 在市中心、寺庙、大街小巷度过闲懒时光。泰国的寺庙，极负盛名。尖尖的庙顶、色彩鲜艳的瓷砖与琉璃瓦、华丽装饰的庙身，活灵活现的绘画，精雕细琢的刻塑，所具美感，自不消说。最负盛名的大皇宫，确有诸多微细之好。恕我笔拙，实无更多赞美之辞。

寺内有信徒，更多为游客。信徒沉默安然，跪坐在佛前，默念祈祷，全心全意将自己托付。游客熙熙攘攘，绕寺参观。由内而外散发着自在与热闹。

唯我，孤身一人，立于寺外。四下环顾，竟心生踌躇。

似不知来路，亦不知去处。

十月的曼谷，天气依旧炎热。正午阳光更烈，故选下午出行。

出寺时，已近黄昏。满城已被奢华柔和的霞光所笼罩。街道旁是翁郁成荫的老树，青翠浓绿的草坪，松鼠与乌鸦蹿上飞下，三五人群，席草而坐，谈天说地。几番停下来观赏，竟弄得一时间忘了时节光景，错以为彼时正是生命茂盛鲜丽的人间四月天。

眼前不知何时多来一只花猫，伏卧在地，柔和目光，与我相视。轻步离开时，它目送我远去。

这是我与远方的初相见。

你好，曼谷。

再见，曼谷。

乌汶：遇见未知的自己

1

　　清晨 6∶40 的火车，曼谷至乌汶。

　　Golf 送我至火车站。站台人潮拥挤，恍若置身"春运"。挤上，找座，坐定，火车启动。火车上满是人，加上大小行李，已完全堵塞。车尚开出不到半小时，便抵达了第二站。鲜有人下车，却塞上来更多，有刚挤上车的生意人，手腕挎着塑料袋，手中细棍叉着串串油炸鱼、大块烤肉，手臂高高举起，在拥挤的车厢中穿梭叫卖。

　　窗外景物，缓缓后退。时遇一马平川，时遇叠嶂连峰，时遇马儿吃草，时遇牛儿戏水。这是家乡亦可常见的景色啊！
　　而此刻，是陌生的，是远处的，因而便是更吸引人心的。

　　此行来乌汶，是为国际森林道场（Wat Pah Nanachat）。Golf 说，该道场每年都会接纳许多来自五湖四海的僧人及旅人。有些来了，就此住下，不愿再回。庙中大师，一半为当地人，一半为外籍。对于访客，只要提前写信预约，寺内便可提供免费食宿。寺内不强行收费，但访客临走时可留下力所能及的钱，以表支持。我却在出发前一日才得知需提前寄信预约，但车票已定，对曼谷亦已无心留恋，而去清迈的火车由于北方局部大雨已暂时停运。再三考量，依然选择继续此行。

前路遥遥，结局未卜。

心中虽忐忑不安，却有更多期待和兴奋。

2

晚点两小时，8点半才抵达乌汶。天已全黑。

彼时寺庙已关闭，不便前去惊扰。决定就近安顿，明早再出发。此地并非旅游城市，所以毫无攻略可查，更不知何处才有安全干净又便宜的住所。孤身一人，站在车站出口，望着眼前这个全然陌生的城市，再次惶然。站外行人不多，却似乎个个气定神闲。而我，如同流离失所的孤儿，害怕、惊恐、无依无着。

又返身进站，询问工作人员。期间，不知为何，身旁多了一位年纪较大的妇人。她主动加入谈话，但不说英语，于是谈话被打断，变成她与工作人员的泰语交谈。原来，她想提供帮助，带我去寻找安全便宜的住所。满是疑惑，不知该信不该信。工作人员看透了我的心思，笑慰我不必担忧。同她上车，她载我来到火车站广场对面的一条街，再拐了个路口，出现几家旅社。一家家地问，终于选定。她一直热心地跟随我跑上跑下。

最后，再三感谢，告别，目送她远去。她正如菩萨派来凡间予我帮助的小仙。

临睡前想提笔记下，却发现，此些微细的感动知获，似又无法言说。

不在路上时，以为陌生人之间，多为废墟。

细细想来，其实，平日里亦不乏温情暖意，却是如此难以感同身受。

3

次日一早，起身前往寺庙。

一路走停探问。来到一辆敞篷货车前，这便是他们的公交。车厢内，两排长凳相对，已堆坐满乘客与杂物。朴实热情的人们忙为我挤让出一席之地。20多分钟颠簸后，在一泥土马路边跳下车。眼前只见一片已收割完的稻田，再远处便是盛密的树林。

来到一扇锈迹斑斑的铁门前，门旁竖了块不太显眼的木牌，刻着"Wat Pah Nanachat"。木牌已开始褪色，可能已有些年代。一条水泥马路，笔直地延伸至树林深处。清晨，鲜活亮脆的阳光洒射在那树枝间、在这马路上，仿如一抹"佛光"从天而下，倾泻在这片森林上。

心中突生一股敬意及怯意。好像即将被佛祖召见一般，心，又莫名地激动开来。

深吸一口气，定了定神，迈进铁门。在路两旁参天大树的遮蔽下，踩着地面上散落的凋零树叶，伴着鸟儿们争相鸣唱的欢快乐声，一步、一步，踏往深处。

沿着马路来到一座没有外墙只有屋顶的通阔建筑前，看到许多烧香拜佛的人。一好心男士引我进入一大堂，并向我解释，这里是食堂，亦是前来拜佛村民的临时休息处。环顾四周，右前方有洗手间浴室，左前方有储藏室、工具间。随后又穿过食堂大厅，来到后面一小经堂。他说，此处便是像我这样远道而来的旅人使用的小餐厅及休息处，住持用膳完毕后，便会开始召见新人。

于是，我在此等候。

4

终于等到了。住持是位加拿大来的高僧，约莫 40 多岁。我报上姓名、国籍。接下来，他缓缓发问。

"写信预约了吗？"

"……写了……"因害怕被拒，我竟违心言谎。答完，便是一阵脸红忐忑。他稍稍皱眉，几秒沉寂。

"为什么想来这里？"

"为冥想……"

"可此处并不设冥想课，所以你只可自行领悟。"

"好……"

"你想待多久？"

"10 天左右。可以吗？"

"可以。前提是必须遵守寺内规章制度。"

对话完毕，他突然又问："你从哪里来，要到哪里去？"

竟让我霎时定住。

你，从哪里来？

要，到哪里去？

没有来路。

没有去处。

混沌在世。

森林寺庙：与孤独为伴

①

入住两日后，便熟知了寺内作息安排。

3：30-5：00 早会。男女客分开，台下大厅各占一边。念经，打坐。

5：00-6：00 打扫。卫生区域，佛堂内外、厨房周边、厕所浴室、林间马路。人多时，只需半小时。人少时，则较费时，但不费力。

6：30-8：00 食物分拣。6点半，天已开始微亮。食物来源有二：一是僧尚外出化缘所得，一是村民前来拜佛送捐。

在厨房与Pat相遇，并渐渐熟悉。她来自临近的村庄，50多岁。她负责教我们如何将食物分类。熟食，分类倒入大碗或大锅。需加工后方可食用的则装进大桶或菜篮。甜点，按种类放进不同的碗碟。水果，削皮切片，分装果盘。她做这件事已有10几年了，每日如此。她脸上闪烁出一种永生清透的光芒。

你我都明白，十年如一日的坚持，需要何等的决心与恒心。

人得信仰，或得永生。

8：00-8：20 饭前诵经。钟声敲响，僧人信徒，进入佛堂。依旧分男女，各占一边。台上住持开始念唱，众人附和。诵毕，按秩序离场，去食堂用餐。先是住持，随后是访客如我等，最后是进寺拜佛的村民。

8：20-9：00 用餐。待僧师们取完食物回佛堂，班长敲钟，我等访客排队入场，选取食物。已于清晨分拣好的食物摆放在食堂大厅一排木桌上。种类繁多，恐是涵盖了曼谷所有食物种类，两列排开，置于桌上。居然排了二三十米长，如自助餐一样自行挑选。宗旨是："能吃多少取多少，不可浪费，不可打包。"每日仅此一顿。

取完食物，回到餐厅。没有桌椅，席地而坐。班长再次敲钟，开念餐前宣言。大意是：之所以要吃饭，不为美味，仅为维持这身体，从而让那高尚的灵魂得以寄居体内。念毕，开餐。规定用餐时间为25分钟。我前座是一德国女生，Ashley，体形高大，每次打饭总是满满一钵。彼此熟悉后，她说，尽管吃了那么多，到了晚上还是会饿得毫无气力。为了让食物更耐饿，所以她细嚼慢咽。所有人吃完离席了，她总还在。

吃毕，收起各自盆钵，洗净放回橱柜。直至下午茶，这期间可自由活动。偶尔，全体集合，住持讨论并安排某些活动。譬如，清理寺内枯死草木、移植花草等。但这类力气活一般只分配给男客，女客便自行安排。可去小图书馆看书，或在佛堂冥想打坐，或在宿舍搞卫生，或在寺内规定区域内散步。但偌大一座森林，"女客区"（ladies' area）则仅划出了极小一块。女客只可在此标记区域内活动。

16：30-17：00 下午茶。名副其实的"茶水"：为各类不含任何奶质的即食饮品，如咖啡、绿茶、红茶、柠檬茶、葡萄汁、苹果汁等。此外，偶有如薄荷糖类的糖粒子。

18：15-19：45 念经打坐。佛堂钟声最后一次敲响，在佛堂角落柜内取一坐垫、一经书，住持引领，念经半小时，打坐一小时。过此时间，或继续打坐，或起身离开，可自行选择。

如此，大师们日复一日，年复一年，或至圆寂。

时间、空间、人世间，
永生般地静止住。在这里。

2

女客宿舍区坐落在大门左侧的森林深处。

第一日，Meeb 带我走进这院墙之内时，心中溢满一阵莫名的欢喜。参天的古树、满地的斑驳、飘零的树叶、林间的木屋，这是我曾朝思暮想的一幅画面啊。彼时，毫无防备，现在眼前。似曾相识，却无处追忆。

或许，是曾出现在我的前世。

有人说，今生的每次相遇，或是前世的再续重逢。

带着一颗极平静的心，我走进这片森林。

木屋，有单人间，也有带室带厅的套房。我选了处单人间。住下后发现，大多数人都选择独住。来到这里的人，都是沧桑的吧。不是有沧桑的肉身，便是有沧桑的灵魂。

独住，才能让这颗灵魂孤寂又孤寂。且希冀，它能洁净又洁净。

屋内设施已达最简：一席子、一蚊帐、一毯子。此乃全部。

若有男客想出家，可在此削发为僧。跟随大师，每日学习，皈依佛门。女客，却是无法在此地削发为尼的。但若想住上数月，却是无妨。

Meeb 是本地人，40 几岁的样子。她已在此住了小半年，但因只能讲一些简单的英语单词，所以无法过多交流。她的身影，总显得如此寂寥落寞。她曾经历的事，或悲或欢，我无从得知。她从此处离开后，将遇到的事，或喜或忧，我亦不能预料。但既然放弃一切来此，大抵是生活中遇到了难过的坎儿了吧。

愿上天庇佑她。予她力量，予她希望。即便只是短暂，帮她渡过难关即可。

总不会一辈子，这人世间的哀与恸。

3

来时，她们是3个：韩国女、德国女、本地女。我加入后，变成4个。次日，韩国女与她丈夫一道离开了，他们来此已一周。第三日，德国女 Ashley 和本地女 Meeb 竟也全部离开。顿时，天地之间，唯独剩我。

Ashley 年纪很轻，才19岁。她通过参加德国某组织，来曼谷一学校做志愿者。现在是学校放假时间，她便来到此处，仅当体验生活。原本的打算是在此待至假期结束再回校，但计划总是赶不上变化。她在此地遇见一男客。她称他们彼此吸引，于是决定追随其前往清迈。他们的结局将是合是离，我无法预料。

爱情，在最开始的时候，总让人如此雀跃。

回忆过去，自己也曾陷入过此种疯狂。

我们认识时间不长，惊喜地以为彼此竟拥有如此多的相似之处。我们都不喜欢热闹的地方，都爱幻想、爱憧憬，都倔强，且高傲。我们对这个世界似乎有着同样的看法："人，生而是孤独的，所以需要找另一个人共同抵御生活中的寒冷与孤寂。"

那时心中满是惊喜：我们竟有着如此多相同点，真是天作之合。于是以为，将彼此温暖一生。生活，亦曾因此而满溢热情与期盼。

后来，慢慢地，却又开始察觉，我们竟也有许多不同。

我喜欢白开水，你更喜欢碳酸饮料；我喜欢蔬菜，你更喜欢肉类；我喜欢纸质书，你更喜欢电子书；我希望尝试不一样的生活，你则一心渴望安逸与稳定；我们追寻的东西，竟如此不一样。

原来，我们并不相似。

再后来，日渐明白：两个人，若想爱得缠绵悱恻，不难；若要轰轰烈烈、惊天动地一番,似乎也可以做到。

  而这些,与下定决心与对方厮守终生相比,都要容易许多。

天长地久,因为太不易,所以被歌颂。

④

闲时,静坐门前。
微微抬头,阳光倾泻,耀眼奢华。
清风拂过,树叶沙沙作沉歌。松鼠麻雀布谷鸟亦争相伴乐。

我在远方,与孤独为伴。

冥想：望见世界的尽头

①

住下第二日，住持从他的私人藏书室中特意翻出几本关于冥想与生活哲学的书，递给我。居然还有一本是中文书写的，我不胜感激。

初步阅读后，书中说较容易实施的冥想方式有：站立，或盘腿端坐，或平躺，或在一限定区域内来回踱步。

练习一些时日后，可将思想更多地集中在简单的呼吸上。当某一刻，脑海中将再无任何杂乱的思想，甚至连呼吸都不曾感受到，如此便算是取得了内心真正的平静与安宁。

这可能需要几个月的练习，且因人而异。也有人练习了几年、十几年，甚至几十年，才得此感。

②

过了几日，心中有些困惑。

餐毕，来到第一日接待我的住持大师的办公室处，想向他请教。

譬如书中谈到的"放弃"。人身在世，若是一味放弃，那该如何履行个人肩负的责任呢。很是不解。与大师说出了我心中的疑惑。他面带微笑，娓娓道来：

"放弃不是不做。人行事，分三层。第一层是单纯的想做；第二层是出于某责任；第三层是想要某结果。我们要放弃的是第三层。因为努力并不一定能带来我们想要的结果。若你渴求结果，你必定会失望。所以，放弃不是放弃努力，是放弃渴求的回报。你因亲人或爱人的离开，感到难受，这是你对他或她的依赖。一旦有依赖，必定会难过。因为你成了他或她的附属。不要依赖任何人、物。对你的父母或男友，或社会上的名与利，都如此。因为，任何事都会在不经意中发生。任何人、物，都不是为你而生。你生下来时，什么都没有，只有自己属于自己。所以，好好关爱它、善待它、信任它，不要成为任何人与物的附属。我们努力，做好自己，不苛求回报之果。这是我所理解的放弃。"

他的一席话，让我豁然开朗。

不附属，不依赖。不放弃努力，但忘却回报。

沉思几秒，又将一心中埋藏已久的问题抛向了他。我想，他的智慧或能予我帮助。

"我感觉自己的生活中常会遭遇许多的不开心、不快乐，因为我总感觉此社会毫无自由可言。但别人似乎都活得很好……请问，我到底该如何摆脱这种消极情绪？"

"社会是什么？社会是一系列的价值、准则、规定和传统。若你的生活仅为去适应这一价值框架，你便会感觉不自由。若你是自由的，那你会把所有传统通通抛到一边，去认识到什么是你最想去做的事，而这就是最重要，却最困难的点。不单在你年轻时，而是在整个一生当中，除非凭借自己的力量认识到'什么才是你真正渴望去做，且愿意将整个身心及生命都投入其中的事'，否则，你的余生，都将消耗在那些你并无太大兴趣的事中，而在此寻找的过程中，你便会感到不快乐。于是，你会看电影、去酒吧、和朋友聚会狂欢、阅读大量书籍、旅行、投身社会热门职业或许许多多其他事中，以此转移自己的注意力。大多数人，都在为了适应社会而选择某种职业，这是引发痛苦的根源。但，这也并非意味着，单纯的'去做任何你所喜欢的事'即'在做你热爱的事'。想要认识自己真正热爱的事，需要许多洞察与领悟，但记住,不要从'谋生层面的思考'作为开始。一旦你发现自己所热爱的事,你便会拥有一种谋生的手段。那样,你的生活亦会感受到真正的自由与快乐。"

似乎如此深奥,却又如此平常。

除非凭借自己的力量认识到什么才是你真正渴望去做,且愿意将整个身心及生命都投入其中的事,否则,你的余生,都将消耗在那些你并无太大兴趣的事中……

犹如醍醐灌顶,我如梦方醒。

认清自己之时,方是解脱之日。

清迈：爱是温柔的事物

1

从寺庙离开，前往清迈。

清迈，是王国故都，亦是北国玫瑰。

联系好的清迈沙发主名叫 Mick，美籍华裔，父母为台湾人。资料显示，他在清迈大学附近居住，一边学习一边工作。

凌晨天尚未亮，我已抵达清迈汽车站。车站广场看似昏暗混乱，便进了候车室，坐等天亮。站内旅人稀少，且大都是外国游客。有游客一脸疲惫，在靠背不高的椅子上东倒西歪地打盹儿。也有游人如我，精神抖擞，一脸兴奋，四处打量张望。

天亮，乘坐小巴士来到清迈大学。寻了一咖啡厅，一边吃早餐，一边等待 Mick。半小时后，他出现了。如同资料中的照片，一副涉世未深的模样。跟随他来到住处，是个不大不小的单间，他一人居住。简单几件家具。一张床，没有沙发。

如此，怎么做"沙发客"呢？虽然，他看上去并非坏人。

放下背包，决定先去古城转转。顺便找客栈，在心中默默盘算。他好心地替我写下路线，又从凌乱的书堆里翻出一张古城地图，递给我。

清迈，是非常热闹的旅游城市。背包客如此多，便宜客栈应该也有不少。

2

地图上，古城显示为一片极方正的区域。

外围有一护城河环绕。走了半个多小时，终于来到河边。进入一古城门，旅行社、工艺品店、饭店、网吧、咖啡厅等各色店铺，尽数迎来，已然一座完全现代化且商业化的小城。拐进路边小巷，果然看到诸多客栈，藏于每一处角落。

进门，询价，查看。

讲价，交钱，预订。

傍晚时分，回到 Mick 住处，与他委婉解释：此处离古城有些远，想搬去城内住。他似乎没有丝毫不快，还热心地骑电动车送我去古城，并轻车熟路地找到我预订好的那家客栈。

他确实是个不错沙发主啊，我想。但与陌生男子共处一室，还只有一张床，这……还是避免较为妥当。

在大厅办理入住登记，遇见两个同胞：B 先生与 G 先生。他们俩从北京一路骑摩托车过来。从青藏线进拉萨，由川藏线出，南下广西，骑进东南亚。

说走便走，想停即停。

这才是我梦想的、尽显英雄本色的"勇闯天涯"啊。

3

B先生长相清秀，身形瘦削；G先生高大威猛，五官狂野但不失柔意。相处数日，竟又无意间得来他们的一些故事。

那晚，逢B先生的生日，在客栈庆生。于大厅外的庭院搭架，烧烤喝酒。我应邀加入，还有几位陌生脸孔，都是国人，似是G先生的朋友。同胞在异国相聚，即便是初识的陌生人，亦备感亲切和谐。几杯美酒下肚，天涯人心肠打开，仿若故人。

吃喝不久后，便有人开始起哄，叫喊B先生与G先生喝交杯酒。两人应声交杯。再起哄：亲一个啊。

霎时愣住，他们，竟是恋人。眼拙如我，此刻方察觉。于是，细细回想起过去几日。两人之间，举手投足，确实满是柔情蜜意，却丝毫不显做作扭怩。

较寻常男女之情，他们之间，肯定多了加倍的阻碍与伤痛。他们，曾经历过怎样的幽暗隐忍、挣扎绝望，才艰难走至今日，我不得而知。

爱，或许本并无性别之分。

只有爱，或者不爱。

最末，G先生深情念诗一首，说要赠与B先生。诗的其他内容已记不大清，但有两句却深得我心：

我，用半生时光与你相遇，
用半生时光，迷茫地生活。

听毕，B先生双眼朦胧。他哽咽：五年了，我们什么都没有，除了彼此……

那，便已足够。

你我都是知道的。我想。

爱，是如此温柔的事物。

4

这日中午,阳光过于炽热,躲在客栈休息。有些百无聊赖,便下楼来到大堂,想从书柜里找本书看。

书柜边端坐着一青年男性。他抬头望见我,微笑并有礼貌地打招呼。他叫 Ryan,来自英国,正在"间隔年旅行",以拓宽自己视野、体验东方文化。他手中在翻看一张清迈地图,说自己明日便要离开,这最后一日,竟有些茫然不知何处去。

想想自己,这几日也只是在古城闲逛。寺庙、河边、小店、市场、大街小巷,都已走过,亦不知还有何有趣的去处。

"清迈大学,你去过吗?"他问。自抵达清迈的第一日路过外,便未再去。于是商量决定下午一路同行,前往清迈大学。

待阳光温和一些后,我们出了客栈。

沿闹市街道,出了城门。河边种有参天大树。走得累了,我们找了个树荫坐下,观察过往游客。往来游人,许多骑着租来的自行车或摩托车出行。Ryan 便提议:我们俩也租辆自行车骑过去吧,随走随停,多惬意。惭愧地答"不会"。他做出不可思议的讶异表情,随即又问了一连串问题:那你会骑摩托车吗?会开车吗?会游泳吗?会滑板吗?会什么乐器吗?……被我一一否定后,他笑了,并无奈地耸肩。

在他看来,我这 26 年的人生兴许是白过了。

望着河对面川流不息的人群和车辆,我陷入深深的回忆中。

追忆：逝去的如斯年华

1

26年，人生的三分之一。

或许不是，因为没人知道自己的生命将是多长。或许明日便是结束。

小学，初中，高中，大学。

一路走来，按部就班，乖巧安静。

小小年纪时，我是喜欢上学的。可后来，竟变得厌倦起来。记忆中，开始察觉到学习的苦，是在那初三的冬日夜晚。寒冷冰沁的教室里，稀稀疏疏地坐着我们几个寄宿生。空荡的教室、透风的门窗、寒风阵阵袭来。脚趾头已全然丧失知觉，摸笔的手开始愈加僵硬。眼前桌上，是摞起来齐头高的课本与作业，以及那永无止境的中考模拟试卷。

莫名地，忽然想逃。不想中考了，不想读书了。

我希望去一个没人认识我的远方，即使是去街头流浪。能自由自在，便好。

可此时父母在田地里辛苦劳作的身影、殷殷关切并饱含希望的眼神，却猛然浮现在眼前。那些几近放弃的时日，是靠着父母给予的力量，支撑了过来。中考结束，成绩出来，果然不理想，未考上市里的重点高中。

想放弃上学的想法再次来袭：我若可外出赚钱，那父母也就不必如此辛苦了，但，从未敢说出口。

森林寺庙，在那林中深处

闲走途中偶遇的湖畔公园

清迈城中古色古香的老庙

素贴山双龙寺边。俯瞰清迈全城

再后来，一初中闺密来我家，约我去另一市上私立高中。她说，她舅舅有熟人在那里教书，听说那个高中很不错。父母听了，连学费、生活费都不曾过问，便满口答应。

父亲常教导我：万般皆下品，唯有读书高。

听说父亲年少时成绩不错，高中念完，原本可选择继续深造。虽是家中唯一的男儿，但由于家境贫寒，亦不得已放弃。每每忆起当年，他脸上总闪现出一股平日里难得一见的神情，是失落，更是深深的无奈。

母亲家中则有三姐妹和一兄长。父母亲的结合，最初的缘起却是一桩"交易"。外公当年在一钨矿厂上班，是国企职员，家境相对较宽裕。听母亲说，那些年，别人家只能吃红薯时，她家则有白米饭，还能时常开开荤。但母亲的兄长，我的舅舅，出生时不知为何左手少了根中指，右手却是正常。其实，那对生活并无妨碍。但外公担心自己儿子，因此不免小憾、难以娶妻，于是决定把自己最乖巧疼爱的二女儿，即我的母亲，"下"嫁给家境苦寒的父亲，以此换父亲的妹妹嫁与母亲的哥哥，结成"扁担亲"。

尽管母亲喜爱读书，家中亦有条件读书，却终究未能逃脱命运的捉弄。在17岁时，她被迫出嫁，早早进入婚姻，开始生儿育女。

我明白，自己身上寄托着他与她未曾完成的梦想。

所以，我不能退却。

2

暑假结束，我离家，去那所很远的外市上高中。

那是一个下雨天，父亲送我去坐车。

从家里到镇上，需走个把小时的山路。他挑着行李走在前面。一头是个深红木箱子。那是从大姨家当成宝贝一样扛回来的，特意给我装行李用。另一头是被子。箱子那头比较重，被子这头比较轻。父亲有些微胖的身子，随着行李一起摇摆晃悠。他没有打伞，只戴了一顶干农活时用的斗笠，肩膀和后背已全被雨水兼汗水打湿。道路非常泥泞，他的裤腿儿与鞋面，已粘满烂泥。

我默默地跟在后面，想着从此要离家很远，要一个月才能回来一趟，再也无法经常回家帮父母分担些许农活；同时又想起，学校那些无止境的作业与书本，还有老师那让人害怕的严厉脸孔……

越想越难过，越想越泄气，泪水开始在眼里打转。多想冲上去跟父亲说：咱不上学了吧，不读书一样可以赚很多钱……

但，望着他的背影，我退缩了。那样会让他与母亲伤碎心的啊！

这份无形且无边的爱，将我从放弃的边缘又一次拉了回来。

高中生活，开始变得有些不同。

我学会了上网，还认识了许多新同学，也交了些新朋友。周日下午或晚上，常去到网吧上网、聊天、追偶像剧，也去爬山、逛街、去同学家玩儿。业余生活，开始变得丰富。

不知不觉中，一晃儿便来到了高三。

记忆中，我们班的同学大都有着特别好的心态。黑板上，已用特大号字体，倒数着距离高考的天数。日子，在一天天变少。而我们，却依旧不紧不慢。

那时，班上很流行收音机，几乎人手一台。许多同学写作业时，都不忘戴上耳机，收听点歌频道。再后来，上自习课时，某个调皮的同学竟公然往讲台摆了一台收音机。顿时，整个教室沉浸在一片音乐的海洋里，但因不时有值班老师绕着各教室巡逻检查，故音乐声不能开太大，且还安排了一个同学在门口放哨儿。若有老师出现在走廊或楼梯口，我们那站岗的同学便连忙大声咳嗽或吹口哨儿，讲台边的同学收到讯息后，迅速关掉并藏起收音机。全班六七十号人，同在一教室，一边偷听点歌频道，一边看书写作业。

此情此景，终生难忘。

高考面前，我忘记让自己全力以赴。我似已忘却依然在辛勤劳作的父母，也似已忘却，自己身上还背负着他们的未来与希望。

结局，在预料之中。只勉强上了三本线。

听说不仅学校不好，且还需高昂的学费。"坚决不去上"，我对自己说。

3

高考完那个暑假，我南下广州。去看望在那里为我打工赚学费的父母。

18年来，头一回坐火车出远门，且独自一人，还坚持不用他们来接。我把自己当作一"天不怕，地不怕，且有勇有谋的假小子"。

天尚未亮，我抵达广州。一出站，在广场立定，头一次见到如此大的火车站及广场，我唏嘘惊叹不已。四周人流，却大都行色匆匆，他们在低头赶路。我如同"刘姥姥一进大观园"，开始晕头转向，分不清东南西北，更不知该往何处去转乘汽车。

我立在广场，东张西望，一脸迷茫。不知何时，身旁多了两人，像是母子。女的约莫40多岁，小男孩五六岁，她拉着他。这女人，竟跟我搭话了。

"诶，小姑娘去哪儿啊？"

"市桥。"

"哎呀，这么巧！我也是呢。"

"真的吗？那我们可以同路啊？"竟是如此轻易，便把自己送进了她的"碗里"。

"是啊，可以同路。我刚从老家接了我小孩儿来过暑假。他在家不听话，他奶奶不肯带他，我只好回去把他接过来。你呢，你也是来这里过暑假的吧？"

这样的故事，听来如此朴素真实。我们村里，就有许多这样的父母与孩子啊！我自是全然相信，毫不怀疑。

"是啊，我刚高考完，暑假没事干，就过来找我爸妈。我这是头一回坐火车呢，也是头一回来广州。我都不知道去市桥要在哪里坐车，听说是要过天桥去个什么汽车站……"

一股脑儿，便将自己的底细全交给了她。

"那边天桥现在在修，过不去，我们要走另一条路才能找到去市桥的车呢。"

"哦，这样啊……那，怎么走呢？"

"你不用怕，跟着我走就行了啊！"

如此，稀里糊涂地跟着她上了辆的士模样的车。车里还坐了另外两人。

开出不到20分钟，来到一露天操场。无任何售票窗口，停着三五辆大巴。下了车，站在广场的人便凑上来与她说话。显然，他们是认识的。小男孩儿，已不知何时没了去向。不远处，似乎有人在排队，兴许是在买票。操场外围，每隔几米便站了一男性，如围住操场把持秩序的样子。

我开始意识，似乎有点儿不对劲。忙跑去问那女人："你确定这儿是个汽车站？怎么什么都没有？"

"这只是个临时车站。那边在卖票，你先过去排队买票，我等下就来。"我半信半疑，来到排队处，确实有人在卖票。市桥，300。可母亲告诉过我，火车站去市桥，只要几块钱的啊。我钱包里只有100多块，还有500块，藏在背包深处。那是我省吃俭用一学年攒出来的全部家当，可不能在这个时候掏出来。

于是，又折回去找那女人。

"哎，我身上只有100多块，买不成票，怕是要换个汽车站才行……"

"那你先把那一百多块给我，你再找找背包里还有没有，若是真没有，我再帮你想办法。"

听到她说让我翻背包，我心中一颤，难道她知道我背包里还有钱？！忙紧了紧包口，急得朝她喊："真没有了！我要换个汽车站！"

随后便扭头急冲冲地往操场外走。没走上几步，围过来两个男人。二话不说，拽着我的胳膊，如拎小鸡一般，把我强行推搡上了一辆大巴。

方才彻底醒悟：我真的遇上坏人了！

上了车，发现里面居然坐了二三十人。男女老少，个个神情淡漠。深吸一口气，给自己壮胆：反正还有这么多人，怕什么，那就坐你们的车吧。不断有人陆续上车。不知坐了多久，最后再上了几个彪形大汉，车开了。

窗外依旧黑沉，看不清街道。偶尔掠过几幢高楼，魑魅魍魉般招摇。

车开没多久，一彪悍男开始喊话。嗓音低沉。

"你们都给我把身上值钱的东西拿出来。自觉一点，不要我们来动手啊。"

说完，便开始在车厢内移动。前排一青年男子，突然站起来喊道：

"你们这是抢劫！"

刚放完话的彪悍男愣了不到两秒，便冲了上去，揪住他衣领，对着那头脸"啪啪"几声，将青年男子打摔在座位上。顿时，车厢后面传来女人的尖叫声、小孩的哭喊声，一片混乱唏嘘。但很快，又恢复了死一般的沉寂。只剩下大巴车沉闷的发动机声在空气中回响。

我如撞进一惊心动魄的电影拍摄场面般惊呆了。天啊……

我虽明白，任何城市都有好人有坏人，但却对广州这座城，从此再也提不起任何好感，甚至打心底开始厌恨。

在父母身边待了一个多月。他们早起晚归，少有休息日。如此辛苦啊，这都是为了我！尽管高考成绩让人失望，但他们却丝毫不曾埋怨，甚至连一个责怪的眼神都没舍得丢给我！还倒过来安慰我说："没事，尽力了就好。若你想再来一次，我们也支持你。"

只有我知道，自己真的没尽力。内心的负罪感，再次一阵阵涌起。

我满怀愧疚，决定再来一次高三。但此次，已不同于往日。我开始明白，以自己目前的状态进入社会，只有被坑被骗的份儿。我开始怀念学校的单纯美好。同时，对大学也有了极为强烈的憧憬与期待。

我开始醒悟：读书不为父母，而为自己。

我内心深处有了强劲的动力。

④

高四，比想象中的要艰苦许多。氛围已完全不同于昔日高三。

来到高四的同学，都是来真正拼搏的。学习压力变得异常大。每月模拟考试成绩都会被打印出来进行对比：哪些同学进步大，哪些同学退步明显。无形的压力，从四面八方倾盖下来。我开始了真正苦行僧般的学习生活。

印象中最深的一次苦楚，是那个晚上。

那天晚自习结束后，我为了一道数学题，待在教室直至熄灯才走。那时，为争取更多学习时间，许多同学搬离需定时熄灯的寝室，在校外租房居住。我亦如此。熄灯后，走出教室，突然觉得很想父母，便到三楼IC卡公用电话亭处，给他们打电话，以解思念之愁。

聊着，便忘记了教学楼的锁门时间。待我挂上电话，下楼，发现左右两扇铁门均已上锁。对着门外，大声喊叫，却只听见自己的声音回荡在那凄清的夜空。我被锁在了教学楼里。那时是深秋，已近入冬的夜晚，寒意阵袭。我将如何度过这漫漫长夜？

偌大一栋教学楼，独自在这黑灯瞎火的教室里过一夜，不被冻死，怕是也会被吓死……

恐惧，惊慌。我使劲推打着那铁门，试图把那可收缩的门缝儿掰大一些。搞了半天，它纹丝不动，终无计可施。又跑上跑下查看，忽然心生一计。

这栋教学楼的地基比操场低，所以，从二楼到操场的距离，并没有多高。趴在二楼护栏上，看着下面，心想：看着不是很高，从这里跳下去应该没事儿。但又担忧：如果没跳准，掉到操场与教学楼中间的空地，那就会掉到一楼，不被摔死，也会被摔残。

跳，还是不跳？我开始纠结。

远处学校大门口处的路灯，投过来一片微弱的橘黄色。身后，是黑沉阴森的教学楼。我犹豫了几秒，爬上走廊围栏，两眼一闭，跳了下去。着地那一刻，才感觉这个高度并没有想象中的那么低。右脚踝一阵剧痛，无法动弹。一屁股跌坐在地，骨头断了似的疼痛。瘫了几分钟，挣扎着站起来，一瘸一拐往回走。回去不久，脚变得异常肿大，疼痛无比。又拐着伤脚来到校门口的小诊所。医生听了我的讲述直呼"你真是个傻丫头啊"……

这晚，我又不争气地掉下眼泪来。

不仅为脚痛，也为想父母，更为压力大，还为前途未卜，为无依无靠。

生活，如此酸楚。

却只能独自承受。

5

一路跌跌撞撞，终是来到大学。

该大学位于外省，离家有一夜火车的距离。报到那天，是哥送我的。

哥尚未读完初中便辍了学。辍学前夕，他每晚给母亲写信，诉说他在学校的苦：读书的苦、想家的苦。他写道：这书我实在是读不下去了，求父母亲同意我休学回家。

我想，他比我有勇气。他敢于把心中的苦倾诉出来，他敢于拒绝自己觉得不想做的事。

在他如此连续的"血泪倾诉"下，父母无奈同意他退学回家。他们心想，让他回家干上一段时间辛苦的农活儿，他也许就会心甘情愿再回学校念书。未料，他没有留在家里干农活，休学后不久便去了一家邻居开的工厂打工。不满16岁的他，便开始在外独自打拼。从此，再未回到学校。

若干年后，他摸索到自己喜欢的行业，学习多年，亦开始摸索着自主创业。

如今，与他谈起往事，他却说："其实，我多希望自己当年在学校能坚持下来。如果能再选一次，我一定选继续读书。"眼中，满是沧桑，与无奈。而我，亦曾无数次地设想：若当年我亦勇敢如他，不逼迫自己留在学校，那如今的我又会是一番怎样的光景？

只是，人生没有假设。

亦无回头路。

我们从老家出发，由汽车转火车。

颠簸了10几个小时，来到这座远离家乡的陌生城市。

在火车站广场，坐上了前来迎接新生的学校大巴。驶进校园，满是青春的气息。在学长的带领下，很快找到分配给我的寝室。是一个四人间，上面床铺，下面书桌。

进门，迎面撞见一留着齐刘海、戴眼镜的女生。五官秀气，皮肤白皙，身形瘦小。她抿着小嘴朝我微笑招呼，这便是K。她是本省人，家离此市不远。入住后，又认识了F与X。F亦来自本省，眼睛很大，笑容甜美，性格活泼。X则来自广东，虽身形较胖，但五官俊俏，且很有独立自主的模样。

大学生活，由此开始。

相处后，发现室友们的家境似乎都比我好。每到周末，她们便会提议去校外聚餐。四人聚一次，花费约一百来块，分摊下来，亦不过每人20几块，这并不是笔大钱。只是，我每个月的生活费才有四五百。购置生活用品、一日三餐、加上购买专业方面的书籍等，已所剩无几。每用一笔钱，我都需仔细盘算。每到周末，我就开始犯难：不去吧，我害怕自己被脱离集体；去吧，一个月一次我或许能承受，但每周一次，就肯定得找父母多要生活费才行……

这，将是多么难以启齿啊！

母亲身体不好，缠身多年的结石病一直拖着不肯治疗，她怕花钱。每当得知她犯病时疼的在床上打滚时，我便祈祷老天让那病能转移到自己身上来。我多么希望可以代她承受。父亲，则常年在工地上卖苦力。他们含辛茹苦，省吃俭用，只为供我读书。我宁愿少吃少穿，亦不愿多增加他们一分钱的负担。在逼迫自己参与了几次聚餐后，心中的愧疚感与罪恶感开始与日俱增。不善于对任何人任何事说"不"的我，陷入了深深的苦恼中。

后来，终于想到一办法。

每到周末，我不再像往常一样同室友们睡到日上三竿。我同有课的日子一样，早早起床，轻声洗漱完便出了寝室。我要装作自己很忙的样子，从而逃避聚餐。出来后，或去图书馆，或四处转悠。转的最多的地儿便是寝室后面那一大片田地。小湖、田埂、菜地、树林、人家、被废弃的屋子,那全成了我的天地。带上书本,我可以流连一整日。

如此几次后,善解人意的室友们似乎察觉了我内心的尴尬与苦闷,很少再聚餐。每每她们逛超市回来,会把那吃的、喝的与我一同分享。离家较近的K,她几乎每隔几周便会回家。回学校时,总从家里提着大包小包、各种各样好吃好喝的。即便我不在寝室,她也会特意留一些放在我桌上。偶尔,她家人来学校看她,并带她出去"改善生活",她也定会喊上我们仨。

情同姐妹般的纯真友谊,在这缓慢悠长的大学时光里,生根发芽。

也渐渐明白,这么些年,之所以过得如此疲惫,是因为自己是个缺乏自信的人。

但我始终充满希望,希望自己能长成一株生命力旺盛的植物。

也庆幸,那些年,坚持了下来。

⑥

毕业、实习、工作。
环顾四周,熙攘忙碌,人来人往。

收拾好心情,开始参与这人世间的赛跑。
即便,这跑道的终点,是死亡。

印度签证：是结束更是开始

1

小半个人生，回忆起来，酸苦之余，亦不乏乐趣。

我回过神来时，Ryan已在煦风树荫下打起了盹儿。待他清醒过来，已是下午4点多，阳光已不再那么炙热。我们起身，决定继续前往清迈大学。

听说那附近有很多小吃，类似国内大学旁的"堕落街"。各种好吃又实惠的小吃，一想到就有些止不住口水直流。途经一些寺庙与街道，他饶有兴趣地组织着当地孩子拍照。走走停停，来到清迈大学旁时，已近黄昏。

吃吃逛逛，再回客栈，便已是晚上9点。

次日早上不到7点，楼下不知何处传来敲敲打打的装修声，被搅得无法再睡，便只好起床。

出门洗漱，遇见Ryan正坐在阳台，神情满是倦怠。见到我后，他抱怨道，"真是吵死了，我这最后一天早上都没能睡个好觉……"只好安慰他，也安慰自己，"早睡早起身体好"。

待我洗漱完毕，他又喊我一道出门吃早餐。期间，他竟开始怂恿我，

"你干脆把行程更改一下,跟我一起去老挝呗,我们可以再从老挝去越南、柬埔寨、马来西亚等东南亚国家。"有人同行,或许也不错。但我此行的主要目的地是印度与非洲,若先去了这些国家,把钱彻底花光了,到时候就只能"打道回国"了。与他实话实说后,他亦点头表示理解。

于是,吃完早餐,便分道扬镳。

2

回到客栈的三人间。

从几天前到现在,一直不见来客,只有我一人。老板忿忿地说着玩笑话,"真是便宜你了,每天一个人睡三张床,却只用出一张床的钱。"

B 先生与 G 先生已骑着摩托车,继续他们的甜蜜之旅。整个客栈,似乎只剩下我一住客。因为太冷清,我便又找了另一家客栈搬了去。这是个六人间,男女混住,三个上下铺,我搬进后,便是全满。

多人间里,遇着一同胞男生,但他相当沉默寡言,似乎连招呼都懒得打。我想,在异国遇见同胞本应是件开心之事,虽说在清迈这地方到处都是讲着中文的国人,但能同住一个多人间总归也算是有些不浅的缘分吧。心中又猜想,或许,人家出门就是因为状态不佳、想找个地方清静一番的吧?遇着这样的人,我总是识相地维持距离并保持沉默,以免自讨没趣儿。

后来,在多人间认识了 Suhi,也是来自英国。她在青岛工作了两年,做珠宝设计,期间玩了国内许多地方。上个月她辞退工作出来旅行,说下一个工作目的地将是印度,如此又可在工作期间把印度游玩一通。她这样的生活方式,工作结合旅行,让我羡慕不已。

接着,她又说起她在中国见到许多同事的父母催促他们结婚的现象,表示"非常不能理解,甚至有些不可思议"。

被父母、亲人、朋友、甚至社会逼婚，是件让人难以招架的事。许多人，不管是否与对方有牢固的感情基础，也很少考虑是否真正志同道合，但因"年纪不小了"，便开始主动或被动地结婚、生子，用他们的话说，"婚姻，不过是找个能搭伙过日子的人而已，哪有那么多讲究。"

这，似乎也未尝不可，但自己却迟迟迈不开步，总觉宁肯孤傲至老，也不愿随意将就。

但对于西方一些国家的社会现象，我也难以认同甚至有些厌恶。譬如，他们只是喜欢了便住在一起，或许生个孩子。不喜欢了便分开，各自寻找所谓"新的幸福"。也许会共同抚养孩子，又也许，某些缺乏责任感的男性会若无其事地永远消失，从而冒出大批单亲妈妈。尽管他们的各项社会保障制度很完善，独自抚养孩子并非难事，社会对单亲家庭也有着极度的理解与包容。但，这给孩子的人生造成负面影响的概率也会增加许多。

又让我想起曾在曼谷遇见的 Pala。

愿她幸福。

3

每逢周日晚间，古城会有一个临时集市。

据说规模很大，届时将占满好几条主街。从下午 4 点多开始，商家开始陆续出摊儿。至傍晚时，古城中心的那几条主道、岔道都已被摊贩与游客塞得水泄不通。

虽说平日里我并不大爱逛街，但还是来到此集市凑热闹。未料，与 Suhi 两人从下午 5 点多一直转悠到近 10 点，还是有些街道未能走全。我们走得精疲力竭，两腿发酸发软。准备回客栈，又遇见一条马路，满满的竖着"足部马杀鸡"的牌子。再看牌后，靠墙摆放着一张张皮躺椅，上面正躺着许多闭眼享受"马杀鸡"的游客。且价格便宜，15块人民币，时长45分钟左右。我俩相视一笑，忙挑了两个相连的沙发空位，也往上一躺。

泡脚、擦油，开始按摩，让人舒服到昏昏欲睡。

与Suhi在清迈混了一周后，她继续往北，我则留在清迈，计划去申请印度签证。

找了家网吧，在官网上填写了印度签证申请表，并预约了第二日的面签。未想，今天是周五，只能预约到下周一。好吧，反正自己现在也穷得只剩下时间了。

周一早早地起床，出了塔佩门，招了辆双条车。一路颠簸，来到一条不是很繁华的马路边，见到一小小的牌子，标记着"印度大使馆"。到了。

进门，来到一面积不大的厅，有些昏暗。我是今天的第一个。接待我的窗口内，坐着一偏胖的印度女子，皮肤黝黑，神情淡漠。我递上相关资料，她瞟了两眼，抬头道，"公司介绍信呢？"我与她实话实说，"我在旅行，没有工作，没有公司。"她横了我一眼，又道，"那抵达印度后的酒店预定信息呢？"我打算住沙发主家里，所以没有订任何住处。自是无法与她解释沙发客这样的旅行方式，我默默地收回资料，离开。因"没有公司介绍信与酒店预定单"，我失败而归。

不能就这样放弃，我对自己说。

于是决定回曼谷重新申请。

4

次日，离开客栈，上了清迈开往曼谷的大巴。

抵达曼谷汽车站后，直接坐公交车前往印度签证中心。来此申请签证的人，比清迈多了许多。办公大厅，也极其宽敞明亮。受理的窗口，亦多了 10 来个。

进门，将资料交与前台，让他帮忙检查所带资料是否有缺漏、照片是否合格等。除去上次提交的资料外，我"捏造"了一份加尔各答的酒店预定单，另外，还打印了一张从德里至广州的离境机票，但并未付款。依旧未准备公司介绍信。

待前台检查完毕，他道，"你还需要写一封信给签证官，解释你在印度的行程，而且，你这照片尺寸太小，不合格，得重新照……"

心中一阵窃喜：居然没提公司介绍信，那就好！跑下楼，根据工作人员的指点在一照相馆重新照了张照片，超级难看，且价格比街头贵了 10 倍。此时此刻，人为刀俎，我为鱼肉。只求顺利出签，其他都是小事，我想。

回到大厅，又写了封极为详尽的解释信，大拍"神奇印度"之马屁，并极力渲染此印度之行对自己的重要性，足足写了三页纸。又重新交给前台审核，终于合格了！他给我取了个号，正式进入等待流程。

大概坐了半小时，竟已 12 点半。似是经过极漫长的等待，终于轮到我了。做好被为难、被拷问的准备，来到窗口。

里面坐着一位 30 多岁的印度女性。我深吸一口气，递上手中资料。她接过后，埋下头去、默默核对，时不时在资料上盖一下章，几乎全无要与我交流的意思。我内心焦虑，但表面强装镇静。

直到她抬头跟我说，"7 天后过来取证，现在交钱。"我不可思议地睁大眼睛，与她确认道："Are you sure?!"（你确定吗？！）她莫名其妙地望着我，点了点头。居然就这样到了最后一步！……

这样的幸福，实在来得有些突然。

我的印度之行，即将开始。

印度篇

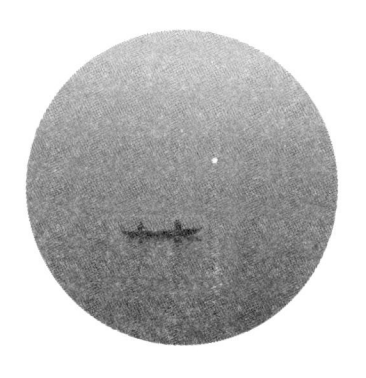

加尔各答：花儿悄然开放

1

午夜时分，从曼谷出发。

凌晨抵达，加尔各答（Calcutta）。

加尔各答的机场，冷清而又严肃。

在机场内等至天亮，出机场打的士。的士，是个带篷座的三轮车。他们称之为"突突"（tuk-tuk）。记得刚入大学那会儿，我们学校门口也有这种车，被唤作"麻木"。饶有兴趣的同学们探讨猜测该名字的来源，后得出结论：或许是因为坐上去时间久了，你全身都会被颠簸到麻木，故它被形象地称作"麻木"。是否真如此，却不得而知。

坐上"突突"，手中拿着加尔各答沙发主 Aki 的住址，司机却不清楚路线，中途停下无数次问路。清晨的街道，冷清，行人稀少。司机载着我在大街小巷，走走停停，穿梭如鱼。

终于，来到 Aki 家门口。是栋三层楼房，屋身淡黄色。在四周黑灰陈旧楼房的衬托下，它独树一帜。

资料显示，Aki 有好评 100 多个，是个接沙发客经验极其丰富的沙发主。

他与父母及妻子孩子同住，可给沙发客提供独立的房间。到他家门口时，还不到早上 8 点。他在门口迎接了我，极其绅士地接过我手中背包，一边带我上楼，一边轻声介绍。

一楼为储物间与办公室，二楼为客厅、厨房及餐厅、Aki爸妈的卧室，及一间待客室，三楼则是Aki夫妇的卧室及杂物堆放间等。我们进入二楼。今天正逢周日，所以他爸妈、妻子、孩子都在家。他妈妈目光犀利，不苟言笑，似乎是个有些严厉的家庭主妇；他爸爸爱说爱笑、慈眉善目，显然是个很好相处的老头儿；他妻子则似乎贤淑温婉，极为安静。

因昨晚一夜未睡，我极度疲惫，简单寒暄后，来到Aki给我准备好的房间，倒头便睡。

直至下午才起。起床后便迫不及待出了门，想去看看那街道人群。

出了院门，便是马路。车水马龙，熙熙攘攘。街边满是小摊小贩，售卖各种蔬菜水果小零食。最常见的要数那卖"迷你杯"奶茶（仅一大口的量）的茶摊，几步便有一家。但刚倒上的奶茶极烫，只可极慢地啜饮。过往的黄包车车夫、卖蔬菜水果的小摊主，或是西装革履的职员，他们都围坐在茶摊边，点上一杯，饮了起来。再来上几块摊主给搭配的面包或曲奇饼干，续杯、闲聊、胡侃，极其悠闲自在。

不远处，垃圾成山，轻快欢乐的乌鸦飞上飞下。神牛横行，随意停走，散漫地觅食。

②

次日出门，前往特蕾莎仁爱之家（Mother Teresa）。

头一次接触特蕾莎这个名字，缘起曾读过的一则小故事：一位老人临死前，拉着特蕾莎修女的手，低声用孟加拉语说："我这一生，活得像条狗。而我现在死得像个人了。谢谢你。"

特蕾莎并非印度人，她出生于东欧，但却背井离乡来此异国，终其一生，只希望尽可能帮助更多的人。有些乌托邦式，却是真实的故事。

首次搭乘本地公交车，不知其车上分了男女区域。毫不知情，上了公交车。车上极度拥挤，好不容易找到空间站定。殊不知，那是"男士区"。

车继续前行。感觉四周投来不少异样眼光。

心中猜测，难道是自己的哪些不同，吸引着他们的如此好奇。故作镇定，立在原地，并将目光投向了窗外。越来越感觉不对劲，突然猛地意识到，我视线内此边的座位上全是男性，前后左右站的也都是男性。忙扭头，查看另一边，果然全是女子。再往前看，在那边车窗上，贴着几个不大不小的红字："LADIES' AREA"（女士区）。

恍然大悟，原来是自己站错了地儿！

这让无知的游客如我，极为尴尬窘迫。

找到特蕾莎之家巷子口时，已近正午。

尚未来得及确认路牌儿，突然冒出一个身着沙丽、极度热情的女人。她将我一把拽住，便往里走。来到一间屋子门口，正是特蕾莎之家。原来她是站在那门口为我等游客"指路"人。谢过她如此高度的热情，进门。

从工作人员处得知：每周一、三、五下午3点将在离此处不远的儿童之家（Shishu Bhavan）举行会议，负责此事的修女们将在会上接待志愿者报名并进行面试。

今天正逢周一，所以可参加下午的会议。我决定等到下午3点去"应聘"。

3

出了特蕾莎修女的故居，前往萨德街（sudder street）。

那是加尔各答的背包客集聚地。走近一路口，不知该向何处拐，犹豫着是否该问路。有人说，在这里与路人一搭上话，就可能被纠缠，如牛皮糖般无法甩脱。定在路口，茫然失措。不时走过一些穿着整齐的青年男子，胡子修理得干干净净，戴金丝眼镜，上穿衬衫下着西裤，脚蹬皮鞋，看上去极为绅士。怎么看都不像是会黏着陌生人的牛皮糖。

于是挑了一个，上前开口问路。运气不差，不仅说的英语我能听懂，而且确实彬彬有礼。在他的指点下，拐进一路口。

街边景况，让初到者如我，大跌眼镜。

满街都是露天男厕所、男浴室。所谓的男厕所，不过是街道边、左右垒砌几块砖头而成。甚至，有地方连垒砌的遮挡物都没有。男人们，直接对墙背方便。浓浓的尿骚味儿，熏到你无法呼吸。所谓的男浴室，不过是一公共的水泵处。自带桶的男人，下身围一块布或仅穿一条裤衩，用桶冲洗，当街洗浴。洗毕，开始洗衣，再洗脸刷牙，悉数解决。

不远处，垃圾成山，成群乌鸦在里面挑啄，不时被人群或车辆惊散纷飞。已吃饱喝足的乌鸦，则栖息在街道角落、大树枝头、电线杆上，或屋顶上，歇息歌唱。牛群和羊群，亦不甘示弱，在垃圾堆里啃着翻着。街道两旁，满是人群。或站，或坐，或躺。躺着的，蜷缩着身子，有的用薄床单勉强裹住身子，有的毫无遮盖物，双目紧闭、面色黑灰。有的直接倒在泥地上，或倒在砖头垒砌起的一小台子上。街边任何一处干燥空地，都可成为他们的容身之所。

空气变得极其厚重。尘土味、尿骚味、牛屎味、咖喱味、垃圾腐烂味。"嗅觉盛宴"，不知不觉，拉开帷幕。

听觉方面，亦是不甘示弱。车子发动机的轰轰声、交通混乱引起的喇叭声、司机们的喊叫对骂声、流动商贩们的叫卖声、街边CD店里震耳欲聋的印度歌舞声。乌鸦，也不甘平庸，送来嘎呀叫声。身前身后，三轮车呼啸而过。摩托车，横冲直撞，见缝就插。黄包车虽为人力车，却也丝毫不甘退让。

我立在街头，瞬间迷失。再看路人的神情，如此安之若素。

眼前的这一切，显得如此理所当然。在这里。

4

下午3点，儿童之家。

简陋的大厅，几排长桌长凳，坐满了前来登记的志愿者。约莫二三十人。

坐了几分钟，涌进来一大群人。尚未细看，先闻其声，是熟悉的中文。原来是个一二十人的团体。顿时，大厅的沉闷气氛被打破，静寂的人群，瞬间变成活跃的麻雀。经交谈，原是来自国内一佛教组织。他们称组织每年都会举行类似活动：到世界各地做善事、捐善款、派发药品等。

随后，修女到场。根据在场志愿者的国别，修女分别安排了对应国家的有经验的志愿者，给"新手们"讲解如何选择适合自己的工作中心。

为我们讲解的是一中国台湾男生，他已来此近三个月。自行赚钱攒钱，远道而来，专程为此。此处，除提供一顿简单的早餐外，中、晚饭及住所全靠自己解决。

他开始介绍。修女之家，现有7个中心，根据不同收留人群而设，均在不同地点。一处是为身体有重大疾病，即可能随时有生命危险的老人设立的"垂死之家"；一处是为患有疾病但并无生命危险的老人设立的"老人之家"；一处是为年纪很小却流离失所无法自食其力的儿童设立的"小儿童之家"（Shishu Bhavan）；一个是为智力或身体有障碍的年纪稍大的儿童如"大儿童之家"（DaYa Dan）。另外，还有3个中心未能记住。有些中心对志愿者有性别要求，如"小儿童之家"只接受女性志愿者。

各自选好中心，随后等待修女"召见"。他安慰我们"不必紧张，面试只是一个流程而已，99%的志愿者都会被接纳。只有赶上志愿者特别多的时候，才可能拒绝很少一部分。"

轮到我了，接待我的是位慈眉善目的西方修女。她轻声发问。

"来自哪里？""想去哪个中心？""想做多久？"

我一一回答。最后对她说，因为不确定自己是否可以胜任，可否先试一个星期，确定后再做进一步决定。她欣然回答"OK，一周后若想延长，再来找我修改一下名片上的截止时间即可。"接着，在本子上登记了我的姓名、国籍、工作中心、工作日期（到达日—离开日）。最后填了一张特蕾莎之家的名片，上面写着同样的信息，递给了我。

志愿者之旅，即将启程。

环顾四周，所有人都在奋斗或挣扎。为生存，或为活得比他人更舒适。人生，或许不该只是这些内容。

即便是最为卑微的人，也应有自己的精神向往。精神向往，并不是简单地将自己托付给中介机构一样的神职人员，或者另外什么人或什么神，以为那样就将平稳地过渡到无忧无虑、无始无终的天国；精神向往，应是在自己的内心生出能让自己温暖、也让旁人感到安全与温馨的念想，像花儿一样，先结为蓓蕾，然后悄然开放，最后，再把众多的种子撒播在那些荒芜的土地上。

这是特蕾莎修女的精神力量，我想。

儿童之家：卑微到尘埃里

1

早7点，仁爱之家集合厅。

不管去哪个中心，首先抵达此处集合。如果你对这座城市很熟悉，也可自己前往所选中心。早餐是奶茶与面包，及一根香蕉。三四十平方米的屋子，或站或坐了百来位志愿者。尽眼望去，西方脸孔偏多。大多数人，都在与同伴聊天，或与新友寒暄。

7点半，祷告仪式开始。在修女的带领下，所有人面向贴有祷告文的墙壁，一齐念诵祈祷文。完毕，修女邀请今天将是在此最后一日的志愿者站在厅中央。我们将其围成圈，拍手唱诵由"thank you, love you, miss you"（谢谢你，我们爱你，并想念你）这三句话组成的欢送歌。

每天都有人离开，每天都有人前来。

循环往复，生生不息。

2

8点，出发。

各个中心，选一熟悉路线的人做领队。他或她，举着写有该中心名字的牌子，带队出发。昨日登记时，我申请了"大儿童之家"。带队人为一日本女性，她姿态高冷，神情里甚至闪现着一丝不屑。似乎，中日政府之间的关系对她影响颇大。尽管，我对日本人亦无好感可言，但依旧觉得政府与民众不必混为一谈。我原本对她并不持敌对态度。可她，却是一副如此苦大仇深的嘴脸，让人生厌，便也开始不拿正眼瞧她。

上了一辆公交车，20余分钟后，下车再转"突突"。辗转来到目的地。

是一栋三层小楼，门顶上涂画着"DAYA DAN"几个字，下面为一推拉式铁门。

一楼安顿着智力较为正常的孩子，二楼为修女和孩子们的祷告厅，三楼则安顿着智力或身体有较严重缺陷的孩子。三楼处的负责人，是常年在此的一位修女。此外，是聘请的当地阿姨，约有10来个。

我等这批昨日才到的新手，全被分在三楼。换鞋，进入100来平方米的大厅。厅内四处散落着坐在轮椅上的孩子，年龄从七八岁到十三四岁不等，大多无自主行动的能力。有些亦无语言能力，还有些孩子，似乎意识也是不大清醒的。孩子们面无表情，呆滞的目光，投向我们这一张张陌生的脸孔。我试图与他们亲近、招呼，一张张小脸，却似乎毫无任何变化。

他们的世界，也许不是常人如我所能想象与体会的。

在本地阿姨的安排下，开始工作。

首先，更换床单，每天如此。阿姨说，这样可较大程度保证他们远离床单上滋生的各类细菌。随后，把所有换下来的床单和衣物拿上天台清洗，分工劳作。一到两人负责洗，三到四人站在相连的水槽边进行一两次清洗，两到三人将洗好的衣物拿去旁边晾晒。

当然，志愿者中负责清洗的只是一部分。还有一部分，留在三楼搞卫生，协助本地阿姨给孩子们洗澡穿衣。卫生类工作搞完后，开始陪他们活动。有些尚能与人简单交流，便可带他们玩乐；有些需要训练走路，便可陪护他扶着栏杆或墙壁挪动；有些已完全丧失活动能力，便需帮助他们活动四肢，以免肌肉与骨头僵化坏死；此外，还有几个智力正常但身体不便的,则需送他们去专门的教室上课。那有一到两个聘请的专业老师,负责给他们授课。

  11点,是孩子们的午饭时间。厨房的阿姨,根据每个孩子各自不同的身体状况,烹饪并配置了不同的食物种类和食量,此刻我们的任务便是喂食无法进食的孩子。待其吃毕,送去午休。收拾餐具,洗净,放回橱柜。

  上午的工作,告一段落。期间10点至10点半,志愿者可休息半小时。休息处提供红茶或奶茶、饼干。下午,来或不来,自愿选择。大多数志愿者,都是上午工作,下午则留给自己和这座或陌生或熟悉的城市。

  其实,老实说来,我之所以来到这里,并非自己怀有"献身于帮助穷苦人事业"的高尚情操,亦非如特蕾莎一样"冥冥之中受到了上帝的感召"。诚实说来,我只是"为志愿者而志愿者"。

  我以为,近距离接触并观察他们,能给自己增添另一种对生命的体验。

3

  周日,修女与阿姨们组织志愿者带孩子们去野炊。

  出门前,每一志愿者均被指派负责一个孩子。修女神情严肃地叮嘱我们:"出了这扇门,你们就得对自己照顾的那个孩子负全责了。"顿感一股无形压力。

  我负责的是一名叫Toshita的小女孩,12岁,身形却不比我小多少。她只能"咿呀"发声,无法讲出完整的单词或句子,但我想她的心智大抵是比较正常的。可能小时患过小儿麻痹症,留下较严重的后遗症,走路只可一瘸一拐、极慢地拖动,且需要全程搀扶,否则身体可能随时失去平衡而跌倒。扶住她时,我便紧张地牢牢拽住她的手臂。同时,又担忧自己用力太大把她抓疼。上车时，几乎需要将她全身顶起往上推。我使出浑身的劲儿，结果依旧卡在门口无法进退。又急又怕，若她摔下来，压住我不说，让她受伤，我罪过可就大了。车上及身后的志愿者见状，全都伸手帮忙。终于将她安顿在了座位上。

经过约两个小时的颠簸，大巴在一公园门口缓缓停下。

下车，进入公园。划船、缆车、骑马、海盗船、碰碰车、水中滑梯，应有尽有。修女说，此类活动也是好几个月才能组织一次，所以出来的孩子们全都显得格外兴奋。Toshita也不例外，她见到这些好玩的后，开始激动的"啊啊"大叫起来，眼中散发出平日里从未见过的光芒。问她想先玩哪个，没有回应，但身子却直往公园小湖那边移动。她想先去划船，我想。

如此，我们一步步地玩了一个又一个项目。坐那长长的水中滑梯从高处冲下时，她因为紧张或激动，死死拽住我的胳膊，直哇哇大叫。她的指甲直抠进我的肉里，疼得我也随着她一路哇哇大叫。下船后，她又想把我拽回排队上船的地方，想再来一轮。看来，她非常享受这惊吓又紧张的刺激过程。由于公园人多，加上我们走路缓慢，最后集合时间快到了，我们还有缆车没坐、马也没骑，她意犹未尽。我虽然筋疲力竭，但也被她的兴奋深深感染。

因为此刻，她的生活亦充满着与普通孩子一样的欢乐与激情。

④

一周过去，初识了R。

R是三楼处的修女，来自日本。因为第一日领队的缘故，心中对日本人有些不快。来到三楼，听到自我介绍的R称自己来自日本时，便无心与她有更多交流。但相处下来，却发现她与那不可一世的领队截然不同。

她年纪不大，约莫三十几岁，总是满脸笑意。早晨一来，便可见她四处忙碌的身影。严谨地安排不同孩子的学习与饮食计划，细心地规范本地阿姨的不适举止，耐心地给志愿者介绍每个孩子的注意事项。工作似乎杂乱繁多，但她有条不紊，一丝不苟，全心全意。从她身上散发出的，实实在在是平静的柔爱。

渐渐地，从旁处又粗略得知了她的一些故事。

她来此6年了，除去两年一次的探亲返日，她从未离开。二十七八岁时，便来到此处。从此执着，不愿离开。我想，那是人生中最好的年纪。褪去了二十出头时的稚嫩与乖戾，又未全染三四十岁时的沧桑与世俗。也许，也正因为如此，她才会有如斯的决心与勇气。

但，原本已与她有婚约的男友，却因此选择离开。他并不理解她，亦不支持她，即使他们相爱多年。从此，她心无杂念，决心投身此处，或将终身不嫁。

我想，这亦是好的。不理解自己也无法支持自己的人，终是无法成为共度一生的伴侣。放逐彼此为陌生人，何尝不是更好的结局呢？

谁失去更多，谁得到更多。谁能说得清，谁又道得明？

随后，又世俗地追问："那孩子呢？这辈子都不生自己的孩子了吗？"人不是常说"没有生过孩子的，将是不完整的人生"吗，还有人不是说"不要孩子的人都是自私的"吗，她已年近四十了啊！"这人世间，无父无母的孤儿已有千千万，把心中的爱分给他们尚不够，为何还要添一个？为享受那为人母而带来的充实感或所谓的成就感吗？究竟哪一个更自私……"

忽地，觉得自己卑微到尘埃里。

变得好轻，好轻。

想起美剧《真探》（True Detective）中看过的一段话：

我们被"人有自我"这一幻觉所奴役，感官上的体验和感觉相结合，让我们被设定、并相信"我们每个人都是某个人"。而事实上，我们谁都不是。

5

这日中午,阳光明媚。

前一日与 Jar 约好前往垂死之家旁的 Kali 庙。Jar 来自西班牙,约莫 30 几岁,在儿童之家结识。他是资历很老的志愿者。在西班牙从事软件工程方面的职业,但每年会请假两个月来此,已持续 5 年。

他有如此豁达通明的公司老板,令我唏嘘,羡慕不已。

工作结束后,在 Kali 庙的街边席地而坐,一边等 Jar,一边观察往来路人。妇女们,身着五颜六色的沙丽,里面上身是一肚脐装式的背心,下身是一长及脚踝的衬裙。把沙丽环着衬裙裹一圈,腰身处留一截塞进衬裙固定好,将剩下的沙丽打成褶皱,从前向后往肩上一搭。这是沙丽的传统穿法。印度女子大都体态丰满,身着沙丽后相当婀娜多姿,当真是街上一道亮丽的风景线。

坐了一会儿,不远处有人群开始聚集。人们分两排,席地对坐。有人在派发用树叶做的一次性盘子。与旁边人一打听,原来每周二与周六是该寺的节日,许多人会在这两天前来拜神。有些富人,会在这两天派发食物救济穷人。他们相信,这样可以给自己积福并带来好运。眼前正在派发的是米饭配咖喱土豆,这是他们最常见且最喜爱的食物。

派发的人提着大锅,先给他们盛上米饭。另外一人提着另一口大锅,随后给他们盖上黄澄澄的土豆咖喱。受施的人,用右手把饭菜抓匀混合后,用大拇指与食指中指钳起食物送入口中。左右手在此过程中绝不能混用。左手用来如厕后冲洗(他们上厕所时无需手纸,事毕用水冲洗即可),所以是肮脏的。餐后,用水将右手洗净,再抹抹嘴巴,省掉了餐巾纸。全程不用任何餐具,盘子亦是用天然可分解的树叶制成。

如此经济又环保,亦是极好的吧。

Jar 到了,我们进入 Kali 寺庙。

人山人海,只能随着人群慢慢行进。寺庙极大,分东、西、南、北四个区域,我们被人群推搡着来到一间小房子旁。很多人伸着脑袋,在极小的窗户孔处往里窥看。好奇心驱使下,我也伸过脑袋一瞧。那是间十来平方米的小屋,光线暗淡,地上满是血水。只见一只黑山羊的头被卡在一个固定在地面上的铁槽里,后面一人摁着它的身子与后腿。槽上一人举着一铡刀。他的手往下一落,羊头便骨碌碌地滚到墙边,身子却还在动弹。旁边站着的几人,双手合十、眼睛紧闭、口中念念有词。原来,是在举行祭祀仪式。

6

回来的路上,我们闲聊。他说,"中国,现在发展非常快吧。"好像是在向我发问,又似乎只是感慨之词。

"嗯哼。"

"你知道……你们国家每年产生的污染物对地球环境造成了多大的毁坏吗?"说完,他又特意加了句,"我并无冒犯之意,单纯只是就事论事。"

想与他激烈争辩一番,却发现自己竟有些无言以对。我其实并不了解自己国家每年产生的污染物究竟对环境造成了多大破坏,我只知道,在那满是高楼大厦的城市里,难得有湛蓝的天空、清澈的河流、清脆的鸟叫。回到家乡,也发现山上的树林在逐年变得稀少,各类生活垃圾被随意堆弃在马路边,以前看得见鱼虾的河塘与水田如今只见到处扔弃的农药瓶、塑料袋。

虽尚未去过欧洲,但我想,他们的污染应该也有很多吧。于是反问他,"那你们国家呢?"

"在欧洲,确实也有非常多的污染问题,但我们有各种各样的环境保护组织,很多都是由民众自行发起的。比如,我自己就加入了一个'反吃鱼组织'。该组织成员布满整个欧洲,我们拒绝吃鱼,以抵制当今社会对海洋的过度攫取。现在,人类对自然的索取越来越多,却几乎很少回报。如此以往，这个地球，迟早有一天将被毁灭……"

说完，他深深叹了口气，显出一筹莫展的样子。

联想自己。我生活的圈子，几乎极少碰到身体力行去真正关爱环境的人。大多数人真正关心的，似乎更多是"怎样生活得更舒适、更体面、比他人更高一等"。自己亦如此。至于环境，至于环保……虽本应是人人关注的问题，却似乎从未进入并真正影响过我们的生活。

这一切，因为自己"事不关己，高高挂起"的处世心态，被视而不见。

自惭形秽的卑微感，竟再一次涌上心头。

马坦公园：受了点儿惊吓

1

这日正午，出了儿童之家。

热闹的马路。熙攘的人群。漫无目的地穿行。

遇见一处五层楼房，外围有低矮的围墙。是耀眼的赭红色，有着罗曼式建筑的屋身，但无尖尖的屋顶。也许是又一栋英国人离开后留下的城堡，如今已废弃。让我驻足观瞧的不是这栋屋子本身，而是房顶上冒出的那棵大树。硕大虬曲的树根，扎满整个屋顶。再沿着屋顶顺势而下，分散蜿蜒盘住屋身，延伸至一楼。如此树房合一，也算一幅奇景。屋前院落，堆满瓦砾，杂草横生。两辆废弃的车卧于草丛中，无声哀怨，似是最后的守卫。

朦胧中，似瞥见城堡内外往日的繁华与喧嚣。

华丽耀眼，辉煌明净。晴天，高贵的英国妇人缓缓迈出，手撑洋伞。神态俨然，衣着清爽，口吐纯正的大不列颠英语，昂头挺胸，言辞傲慢，举止洒脱。二楼阳台，柔光笼罩。为在印殖民事业奉献终身的白人男子，正悠闲地阅报，口呷红茶。下午，门前宽阔草坪，三五孩子，挥汗如雨，乐玩板球。尽管举家离乡，却似有无尽欢乐。

那，可能是此堡曾有的热闹场景。

再看如今。外院铁门上挂着生锈的铁锁，街边靠近铁门的露天一隅，流宿了一户人家。男人用来裹身子的格子布搭晾在铁门上，妇人蹲坐在一临时搭建起的柴火灶边，搅着锅中浑浊的水，水里放着几个因未洗干净而带泥的土豆。脚边，一咿呀学语的婴孩儿正在拾玩地上的垃圾。苍蝇，正围着他肮脏发黑的眼角打转。他的眼睛，却是异常清澈明亮。不远处又是处垃圾堆，牛、野狗和乌鸦，各自埋头，聚精会神，翻找食物。

眼前的残旧破败，似想向人控诉，却无处可诉。
或许，这生长在屋顶的大树，是它无言的代语者。

2

乘地铁，来到萨德街，继续穿行。

见一大公园，近马路边的这片草地已基本光秃，而成了半黄土马路。小轿车或"突突"车，时而开进掉头。留下滚滚黄尘。路边有一小湖，三五人群在湖边洗澡、洗衣。草坪远处，大小树木，稀疏散落。坪地凹凸不平，草皮深浅不一。有些地方，只剩黄土裸露在外，如营养不良的"癞子头"。草坪上，各色人等，或坐或躺，瞌睡聊天，或玩纸牌。

我的近处，几个母亲坐在地上闲聊，带着一群孩子。孩子们见到我，飞奔而来。口中呼喊着"Auntie（阿姨）"，随后伸出一只只小手大喊"Money"（钱）。便也学了他们喊了回去："Auntie, no money（阿姨没钱）！"见此状，他们并不纠缠，嬉笑着又跑开了。

再往里走。不时遇见骑马在公园溜达的制服警察，更多的是在湖边洗完澡后，光着身子躺在草丛睡觉的人。他们的衣裤已洗，正湿答答地摊在旁边草丛或悬挂在树上晾晒。偶尔，还遇见几对年纪很轻的学生情侣，羞涩地躲在角落里你侬我侬。

夕阳西下，鲜红色的落日挂在远处天边，暖金色的阳光铺满大地。

那群正兴高采烈玩板球的孩子，大的不过十五六岁。见到我后，开始起哄。吹起口哨儿，挥舞手臂。我立住，礼貌性地微笑回应。不料，他们马上冲了过来，将我团团围住。一一握手，开始发问。

这些日子，在街头结识各色人等，发现一规律。他们在见到国外游客后的三大首要问题，大都将是：你来自哪里？你多大了？你结婚了吗？可称得上是"印度式发问"。此时，果不例外。才10几岁的孩子，关注点居然与成年男性一样，还是有些讶异。天色渐晚，微笑着与他们告别。尚未走远，听闻身后有人高呼我名字。回头，只见一男孩儿跳起来大喊道："Norma，我爱你！"喊完又羞怯地讪笑着，等待我的回应。对于印度男子的此类热情，已早有耳闻。此刻由一青葱学生上演，依旧有些惊诧又不知所措。

曾看过一故事，讲述的是一个印度导游，因工作缘由遇到一美国富翁的女儿。后向她表达爱意，最终求婚成功。根据印度婚俗，女儿出嫁时，父母需准备丰厚的嫁妆。这嫁妆的多少取决于男方的家庭和社会地位。所嫁之人的身份地位越高，女方需准备的嫁妆也就越丰厚，女方准备的嫁妆愈丰厚，她嫁过去后在男方家所受的待遇也就愈高。当此富翁的女儿嫁给导游时，根据印度婚俗，这富翁便兴建了一座五星级的大酒店作为女儿的嫁妆。

如此故事，对当地男青年而言，是多么激励人心啊！

从此，他们遇着外国女游客，即便不了解她的身家背景，亦会"碰运气似的"表示爱意甚至当街求婚。他们想，说不定可逮着一"金龟女"呢。此谓"印度式告白"。未料，连这年纪轻轻的男学生，亦受此影响。

太阳很快落下山头，夜幕逐渐降临。

往公园大门口走去，出口处的左手边是维多利亚纪念馆。彼时一片灯火辉煌，透过铁栅栏，看到那院子里的音乐喷泉，正开始喷水。立定，出神，回想起去年，西安大雁塔广场，那场音乐喷泉盛宴。据说那是全亚洲最大的音乐广场。相比之下，此处的喷泉颇显萧条与落寞，但并不影响旅人的心情与兴致。

你知道的，那不是重点。

3

天色已全黑，回过神来，着急往外走。听说天黑后的公园将成为许多流浪人士的夜宿点。走出门口没几步，感觉身后似乎跟着一人影儿。扭头一看，果然有一男子。他见我已注意到他，便上来搭话。看来，"印度式发问"要再次开始了。

"嗨，你来自哪里？"

相比不谙世事的学生来说，此类男人无聊的搭讪通常最令人恼火。但此时此刻，不大敢激怒他，只好冷冷地搭了一句"中国"。

"哦！我去过中国。那是很性感的国家。"

虽不想与他多言，却在好奇心的驱使下追问他"何出此言"。

"那天，我刚到酒店，就有小姐来我房间，问我是否需要特殊服务……"

说到此事，他一脸淫情荡意。我辩驳，"有些酒店会根据客人的种类做安排。他们推测你有此爱好，便向你推荐这类服务了喽。但并不能因此就总结中国怎么样。"

他奸笑两声，没再多说，却是继续跟着我。前面没有路灯，即将进入一段黑路。我停下，"诶，你到底要去哪里？"

他亦定住，直视我，说出极其猥琐的话。

"我嘞个天！"惊呼一声，瞪大眼睛，顿时呆住。太不可思议了！他居然如此赤裸禽兽化！尴尬窘迫又害怕，忙扭头飞跑向不远处那光明的警察执岗亭。这个疯子，竟在后面一边追，一边喊。

一阵懊恼。或许，最开始就不该搭理他。跑到执岗亭后，他竟也没再跟上来，而是掉头进了公园。

惊魂未定，一路小跑向公交车站。直到人来人往处，悬着的心才放下来。

4

上了公交车，一路回想，并假设起不同情形。

若刚刚不远处未设任何执岗亭，路上亦无任何行人。我是否将成为次日报纸新闻中又一起"强奸抛尸"案的主角。

又或者，在他将我拽入某地，准备"实施犯罪行为"时，我突增"神功"，发出"降龙十八掌"或"玉女神功"，打他个落花流水，再将他碎尸万段，悬首示众，以"杀鸡儆猴"。世上男子闻风丧胆，不再敢胡作非为。从此，人世间再无与"强奸"挂钩的悲惨案件发生。

岂不快哉，快哉！

又或许，根本就是我自己吓自己。那人，也许根本就没有啥"非分之想"，而是我自己防范意识过于强烈了点儿。

人，不常常被自己的"假想敌"给击败么……

麻风病院：不再孤独于世

①

今天周四，志愿者们的休息日。

修女之家组织了有意向的志愿者去麻风病院探访，该院位于加尔各答北部边缘地带。

去之前，脑海中幻想着如此场面：窄仄的病房，矮小的简易床，躺满病人；他们的手臂或腿脚，缠满白纱布，有些已腐烂发臭；探访者进入时，需穿隔离服、戴口罩帽子；出来时，需仔细检查，反复消毒等。那场面，大概与多年前的SARS（非典）类似。总之，是一系列苦不堪言的悲惨景象。

抵达后，方才意识到自己多么幼稚无知。

②

这是一个宽阔、整洁的小区。

小区内建有长长的工作间。这里摆放着全是古老的织布机，配上手工，将一丝丝、一条条的围巾织成。院子里，种着蔬菜、花草、果树。打理得比很多普通人家更好。兽棚里，圈养着猪、牛、羊。一些病人的手臂、指头或腿部，已被截肢，但并不影响他们生产劳作、自给自足的信心与决心。他们还设有一间工作室，专门研究制作更加舒适方便的假肢。一派劳作忙碌的繁荣景象。

所有人,都在自食其力。相比之下,那些身体健全、却依靠向别人伸手乞讨过日子的人该多么自惭形秽。再想想,一些身体健全、却自暴自弃、整日游手好闲的人,更该如何无地自容。

负责人介绍说,只要平时稍加注意,麻风病并非常人想象中般容易传播。但因整个社会都对其唯恐避之不及,于是,他们便只能生活在这样固定的区域内,自给自足。听到此处,我心生惭愧。自己亦曾是那无知可笑当中的一员。

此处生产的棉麻围巾销往世界各地。因对这里每一处都如此好奇,不知不觉竟掉了队。当我跟在后面参观完长长的工作车间出来时,发现其他人都已了无踪迹。剩我独自一人,边看边走。突然传来孩子稚嫩的"你好"声。循着声音望过去,一小孩子趴在左手边的二楼栏杆处朝我挥手,我便也挥手应答。随即旁边又露出更多小脑袋,喊得更欢快:你过来呀!于是又跑上楼去。这里面有二十来个孩子。小的三四岁,大的十二三岁。见了我后团团围上来。又伸出小手来握手,俨然一个个小大人。

下意识地翻了翻包,只有包饼干。而此饼干,还是国内"出口"而来。第一天登记时遇到的那个国内过来的佛教组织,他们中间有三人与我一样选择了"大儿童之家"。其中有一年长的大姐Z,她为人热情豪放,渐渐便与她亲近了起来。她包中饼干,正是从国内背过来的。她说因为教规,不可沾蛋、奶、肉、葱、蒜等。担心入印后很难找到合适食物,便带了许多特制饼干。今早在车上便塞了一包给我。

此时此刻,实在无物相送,只好将饼干掏出来。老师将饼干拆开,放在一盘子里,让孩子们排队领取。如此场景,让人心酸又无奈。老师说,这都是麻风病人的孩子,但都是健康的。麻风病人治愈后并不遗传。

这群与常人无异的孩子,却被社会拒绝与遗弃在此角落。不知他们是否会因此心生怨恨。但愿,他们长成之后不会萌生"向社会报复"

等的想法。

一起工作的这些天，Z 每日与我传授佛门知识，试图将我引导入教，从此皈依佛门。引用她的话，为"不再孤独于世"。

愿有朝一日，这里的人们，亦不再孤独于世。

3

Z 来自山东，30 几岁的样子。

正是人生如日中天的年华。她身形瘦小，脸上总是面带微笑。说话直爽，却又不失条理。在国内某通讯类营业厅上班，专门负责处理售后事宜。她身上似乎散发着一种很容易让人走近的亲切感，而她说，我身上则散发着一种"让人难以抗拒的信任感"。或许，我们身上各有一种细腻的特质，彼此吸引。

今早在特蕾莎之家相遇，她亦报名去麻风病院。在车上，我们自然而然结成邻座。路上，她与我聊起自己的过往，那段曾经的婚姻。

20 几岁，人生最好的年纪，她遇见一男子。他身形高大，长相俊俏，正可谓"英姿飒爽，玉树临风"。她与他，于酒吧相遇。他走近她，要了联系方式。此后，每日信息通话，温柔相伴。不到一些时日，便表白，称对她早已"一见钟情"。开始之初，她并不相信。常人都会认为，于酒吧遇见的人，大抵无法有始有终。她也是这么想的。但面对他"持之以恒"的似水柔情，她终究无法抗拒。不知不觉中，她开始逐渐沦陷。不出个三月，两人闪婚。曾以为，这是上天对她的眷顾，赠与她如此完美的"梦中情人"。

美好的爱情与婚姻，终是没有白等，她想。

未料，婚后不出几月，她便觉察到他的"不凡之处"。至于过程，不消细叙。结局是，她发现所嫁之人为"男同"。自己，在毫无防备之下，已沦为"同妻"。她的世界，在那一刻坍塌。在无数个不眠之夜后，她做出艰难的决定，离婚，而他，并未挽留，只称"请一定替我保密"。他全无"出柜"之勇气，唯有用此方式遮人耳目，替真实的自己找幌子，而她，则只是他猎中的牺牲品之一。

其实，这样的故事若是落在小说里，我并不会觉得新奇。而此刻，却兀自落在了眼前的她身上，让人极为惊愕、诧异。这样的事摆进生活，且让你知晓，实在是无法不让人唏嘘感伤，而我，竟有幸得到她信任，让她可以如此心无罅隙地叙说过往。

站在人群穿梭的街道，她眼中能望见的，却是满眼的荒芜。她感觉这世界只剩下自己，孑然一身。带着溢满身心的苦痛挣扎，她皈依佛门，寻求依靠。几年过去，心地渐宽，悲伤渐淡。往事渐行渐远，终获重生。却从此不再爱。

最可怕的不是当年的心碎，而是自那之后的孤独，她说。

那孤独，深不见底。万劫不复，永不超生。

4

想起海子的诗《歌或哭》中那让人心疼的诗句：

"你说你孤独。

就像很久以前，火星照耀十三个州府。"

Z，愿你有朝一日，不再孤独于世。

印度家庭：心生无限悲凉

1

在 Aki 家借住一周了。

每晚回来，Aki 爸妈大多时候都在家，于是常在客厅与他们闲聊，关于仁爱之家、关于儿童之家、关于近日印度新闻、关于中印两国文化。或者与他们静坐，观看电视里正播放的印度电影。

今天又出来一则新闻，且又是强奸案。发生在昨晚，地点居然为一公交车上。上午在儿童之家时，听见一些志愿者在讨论此事。沸沸扬扬，人心惶惶。一些同胞得知我借住在一印度家庭后，纷纷表示极度担忧。他们认为此印度家庭可能也不安全，并劝我快快搬离。又听闻我每日是公交车往返，更开始惊呼"何得了"。

那夸张神情，竟让我脊背发凉，也有些害怕起来。

下午早早地便回了 Aki 家。只见他母亲在厨房忙碌，我便站在一旁，与她闲谈。心里是希望可从她处给自己找颗"定心丸"。

"嗨，你今天看新闻了吗？"

"没有。为什么突然问这个？"

看来，她是个"两耳不闻窗外事"的家庭主妇。

"你们这儿，又有人被强奸了……"

"哦，那新闻啊，估计是的吧。"

似乎毫不感兴趣，亦毫不在意。心有不甘，只好追问。

"你怎么看待？"

"这种事情在任何国家都有。我想在你们中国，应该更是司空见惯吧。"

我惊诧。在她眼里，此类案件在中国竟比在印度更加猖獗与高频，这不是胡说八道吗！

"恐怕你错了……在我们中国，至少还未曾有过公交车上把人强奸的案例！并且还是司机与乘客沆瀣一气，一起侵犯那可怜的女乘客！"说到此处，竟不自觉变得有些言辞犀利、情绪激动。

"这也只是个特例啊。若那女人不在那大晚上的去坐公交，又或者她见到车上有喝醉酒的乘客就该趁早下车，那就不会给别人可乘之机啊！……"

我怔怔立住，竟无言接续。她依旧忙碌。

曾读过一相关文章，是分析关于印度强奸案为何频发的原因。

文章称，该国许多政客竟将此类案件发生缘由全推诿至其他因素。但我想，说这种话的毕竟都是官员，他们只是在绞尽脑汁给自己找台阶下罢。

可如今，竟从一普通家庭主妇处也听得此"如出一辙"的推诿，心中突生无尽悲凉，为女性。

我悻悻地回了房睡觉，并非因为困倦，只是希望进入"无意识状态"。

2

在 Aki 家借住了近十日，最终决定搬去萨德街一客栈，与一女性同胞 P 共住一双人间。

她与我年纪相仿。她说自己每年都来，每次时长一个月左右，但主要目的是为来看看她在"小儿童之家"照顾的那个孩子。看来是位感情极其丰富且细腻的姑娘。

　　此客栈价格便宜，设施自然也是相当简陋。双人间，面积可能不到十平方米，呈长方形，室内摆放着两张1.2米的小床，中间仅剩一条只可容一人通过的窄小过道。房间内唯一的多余家具是一张脏兮兮的小课桌。卫生间与浴室都在屋外，公用。尽管有热水，但需要自己用桶接了在浴室洗。浴室极其简陋，仅有一根垂着的出水管，且极其窄小、昏暗。

　　每次来加尔各答几乎都会住此客栈的P安慰我说："这个价位，在这条街上，这家客栈已经算是不错了，所以你不要太挑啦。"

　　是啊，此刻有一容身之处便可，何必过于挑拣。

泰戈尔：生如夏花之绚烂

1

客栈来了许多国人，但大都停留不到一周，便离开。

同住了一周的P，也已结束了为期一个月的行程，上周末飞回了国。我便搬到一单人间，独自居住。

几天后，客栈又来了三位从国内骑自行车过来的男子，分别是C、H与L。C是国内一旅行车品牌的创建人。因喜爱自行车，亦喜爱旅行，便研发了一款专为旅行用的自行车。他骑着自己研发的自行车，准备从亚洲骑过中东，去非洲。H与L，则是同事，在国内相约，一路同行。从广西一路南下，途径越南、泰国，现进入印度。同C一样，亦是计划从印度骑过中东，去非洲。

一自行车、一帐篷睡袋、一小包行李，走世界……心中满是默默的钦佩与崇拜。

2

又是周四，志愿者们的休息日。我们几人在客栈百无聊赖，决定前往泰戈尔故居。

泰戈尔，是亚洲获得诺贝尔文学奖的第一人。

他一生写了无数的情诗歌颂爱情，而自身的爱情遭遇却听说是有些悲戚。因为印度森严的等级制度，他被迫与自己喜爱的人分开，最终迎娶了年仅 10 岁，但"门当户对"的新娘，22 岁风华正茂的青年，与年幼无知 10 岁小女孩之间，大概是谈不上爱情的吧。

泰戈尔说：婚姻，可不以恋爱始，但可以恩爱终。他并未将此婚姻看作天大的不幸。创作之余，他会尽量抽时间陪她，为她讲述他文字中蕴含的故事。他们相敬如宾，举案齐眉。在共同生活近 20 年后，她不幸身患重病。接下来数月，泰戈尔昼夜看护，寸步不离地守着她。直至她离开。他，自始至终，一丝不苟履行着自己作为丈夫的职责。

欣赏他，不仅因了他的诗，更因他是一有担当的如斯男子。

自然界的万物，如小草、流萤、落叶、飞鸟、山水、河流，在他的诗中，都化身成了饱含情感的灵长性事物。他笔下那田园牧歌般的"世外桃源"，是曾经的加尔各答。

岁月无痕，如今这座城市已充满混乱与肮脏。他的故居顺理成章般，成了一处景点。

③

走过一排排脏乱如常的街道，穿过一条条窄破昏暗的巷子。几经辗转问路，终于找到。

街边，迎面而立的是一座二层楼的赭红色建筑。两边的树木郁郁葱葱，但在雨水充沛的加尔各答，亦是平常之景。这栋建筑，并非我们想象中的老旧、沧桑，似乎是一处平常不过且有人居住的房屋。也许是新粉刷过。但是否真正如此，不得而知。入口处的看门男子，正闭目养神。

进门，看到一巨大的庭院。

满眼葱绿。草坪与绿篱，并无刻意修剪。忽的，在那树木丛中隐约见到了泰戈尔——他的铜像。长发、长须，手里拿着一叠稿纸，眼睛望向某个地方。面色凝重，像在沉思，又或许在构思一首新作。再进入一扇门，迈入一户三层楼的围院。有如我们的"四合院"。这里，便是泰戈尔曾经的居住之地。据说，这里是他们家的祖传地产。

说实话，这房屋并无特别之处，既没有耀眼的帝王气象，也没有泰斗级的文魁之气，而且，此类耀眼的赭红色，在加尔各答的街道，是如此随处可见。

脱鞋，上二楼。走在泰戈尔曾走过的那一寸寸地板上，来到他曾度过无数时日的一间间房屋。想到此刻踩踏着的任何一处可能便是他曾踩过的，感觉很奇妙，却似乎又是平常。

走到一处陈设的玻璃柜前，里面刊放着一张当年泰戈尔造访中国时，徐悲鸿为他画的一幅速写，以及两幅泰戈尔与当时几位中国名人的合影照片。因是翻拍放大，所以人影模糊，但依稀尚能辨认。其中一张照片，站在泰戈尔身边的那位女子，正是才女林徽因。而林徽因人生的境遇，远没有泰戈尔那般优裕、舒适、泰然。她的一生，极其坎坷艰难，遭遇了战乱疾苦、颠沛流离、病痛折磨等。而泰戈尔则不同，他出身于如此的富裕之家。虽说，那时的加尔各答亦不太平，但至少，他衣食无忧。他可尽情地阅读、写作、游历四方。

也许正因为此，才让他得以如此全然地释放自己。

④

一个人，一座城。
泰戈尔，是加尔各答的荣耀。

"生如夏花之绚烂，死如秋叶之静美。"
这是他的诗句，更是他此生真实的写照。

垂死之家：似有些不真不实

1

不知不觉，已是 12 月中旬。

从"大儿童之家"转来了"垂死之家"（Kalight）。这是特蕾莎仁爱之家的发源地，场地是由隔壁 Kali 庙捐赠的一栋二层楼房。

这里的气氛，与儿童之家明显不同。

一楼，是病人的生活起居场所及一大厅。分男女区，不同性别的老人分别住在不同区域，志愿者也是分成男女两大队。女性这边，住了 30 多位老人，其中除一瘦骨嶙峋 70 岁左右的老人讲一点简单的英语外，其余的人只讲孟加拉语或印地语。与她们似无法交谈。二楼，是厨房及修女们的生活区。楼梯口处有一小厅，放有几个储物柜供志愿者存放物品等，还有几张供志愿者们休息喝茶时用的长桌木凳。再往上便是顶楼，是晾晒衣物被褥的天台。

二楼厅外，另有一长长的小天台。中场休息时，许多志愿者会端上上一杯奶茶，趴在栏杆上，可望见下面永远繁忙不息的街道与集市。路两旁，满是或蹲、坐，或蜷缩的无家可归之人。有些躺着一动不动，似乎已病入膏肓，他们的生命，仿如秋天的树叶般将随时凋零。

被此处收留的人，都是已走过大半人生的老人。虽有一些病情已相当严重，生命岌岌可危，但大多心智正常，只是可能偶尔精神恍惚。大都整日地痴痴呆坐。看到他们，心中不禁猜测：他们在想什么呢？每天以回忆过去而度日吗？

没了未来的鲜活希望，只剩曾经的心碎过往。在这里。

遇见一当地志愿者。他是本地在校生，周末或寒暑假闲暇时来此处做志愿者。疑惑地问他："外面马路上睡那么多老人，什么样的才能进入这里。"他说，此处有一考核机制。主要原则是"只接收没有任何亲人可以依靠、却又病重至生命垂危的老人"。

最终能通过考核而被此处收留的，其实少之又少。

2

这日，在楼下路过一老人时被拉住。她掀开吊在身上松垮肥大的衣服，露出因干燥而脱皮的手臂及肩膀，随后用手作出摩擦的动作。我立刻心领神会，她大概是想要涂点乳液。于是找修女要来乳液，按她的指示涂抹。涂毕，又听到更多人朝我叫喊，招手示意她们也要。再后来，有些老人要求用椰子油按摩头部。

后来，又有几个女生加入。再后来又发现，其实，大多数志愿者并不太愿意与这些老人发生过多的肢体接触。他们更宁愿在水池边洗衣、去天台晾衣。尽管这些工作也确实需要人来做，且占据较主要部分。但即便洗晾工作已全完成，他们会继续逗留在天台，与认识的、不认识的志愿者闲聊。关于各自的旅行，关于对印度的看法，关于即将到来的圣诞节等。

修女及本地阿姨们忙碌着安排所有人的生活起居，给病重的老人检查、服药、医治等，他们并不安排志愿者们的工作。我们每日的工作内容，各由己选。

我也曾担心，这样直接接触她们的皮肤，是否会让自己染上什么奇怪的病……但，既已选择来这里，就该努力克服自己心中的芥蒂。我想。

慢慢地,给她们按摩成了我的每日工作。那松弛粗糙、干燥皲裂的肌肤,那一根根瘦得只剩下皮包骨的手臂与腿脚,如同一截截水分全失的干柴木棍。面对面坐着,时常幻想起她们年轻时的模样。年少时,她们中应该有许多都是美丽又高傲的吧。

每个人都曾经历花样年华,每个人亦将迎来垂暮之年。若老去时无处安身,亦无可依靠的亲人朋友,那他或她可能孤苦伶仃地流落街头,受尽病痛折磨,也无人问津。不幸的,可能在街头某处黯然离世。幸运的,可能被这里接收。虽生命之光依旧会慢慢熄灭,但留存住了最后的一丝尊严。

岁月总是荒芜,命运也自有定数。世事悲欢,终抵不过黄土一抔。生前,是高贵或贫贱,是风光或落魄,结局却是同一个。

如此看来,人生是公平的。

③

几日后,我开始更多地了解她们。

Mary 是约莫六十的老人,能偶尔蹦出几个英语单词。她似乎胃口很好。每次九点半发饼干时,她总示意我偷着给她多发几块。但修女叮嘱过,每人只可发两片,不可多发。Mary 却哀怨地表示自己总吃不饱,每次吃晚饭前就会饿,所以需要备几片饼干充饥。我想,在这垂暮之年,能吃也是福,能吃就多吃点吧。于是总忍不住偷塞几片给她。她接过后,会用随身携带的小手绢把饼干细心认真地包起来,最后撩起衣袖,绑在左手臂下。她很瘦削,将衣服放下后,完全看不出里面藏了东西。

每天开始分配中饭时,Mary 总在位子上用她的大嗓门叫喊"Auntie！Auntie！"(此处对本地阿姨及志愿者们的统一称呼)表示快点给她端饭。端给她后,她又会转递给身边比她更年老虚弱的老人,自己则继续冲我们叫喊。发香蕉时,也总吵着要多发一根。得手后又把小手绢解下来,将香蕉折断，与饼干放一起包起来。我总忍不住想，若几片饼干、几根香蕉就能给她增添些许快乐，那何乐而不为呢？更何况，她还是个如此善良热心的老人。

还有位老人，不知名姓，约莫七八十岁。她右脚严重受伤，从第一天见到她时，便是打着绷带，或呆坐在角落中那辆轮椅里，或躺在床上。大小便，均只可在床上用便盆解决。她如此默然、寂静。

看到这便盆，便想起去年母亲住院的那些日子。那是人生中第一次陪住经历。不算宽敞的病房里，摆放着三张病床。十几天里，其他两张床上的病人来来走走、换了几拨人。我和父亲，却一直守着母亲。医生将她推进手术室的那天，天空有些阴沉，已进入深秋的天气在那天似乎显得格外阴冷。父亲与我，呆坐在手术室外等候。塑料座椅，冰凉沁骨。

彼时，人生头一次想到生与死，也许只在一瞬间。

④

垂死之家，最后一日。

如往常一样，给她们涂抹身体乳液，用椰子油按摩头部，帮扶她们上厕所，喂食无法自己抓食的老人。她们不同于小孩。孩子遇到自己不喜爱的食物时，会紧闭嘴巴拒绝你的勺子。老人不会，即便是再不喜欢的食物，她们都会张开嘴，接住食物，逼自己往下咽。活了大半辈子的她们，很明白"人是铁，饭是钢"的道理。

最后一天，凝望着这些可能今生再也无法见到的面孔，心情变得格外沉重。

上午9点多，如往常一样，志愿者们集聚在水池边清洗衣服床单，跑上跑下在楼顶晾晒。我们几个则在下面，给老人们涂抹乳液或椰子油。突然，对墙边传来一个本地阿姨惊慌失措的喊声"sister"（此处对修女们的统一称呼）。原来，是一老人摔倒了。

忙跑围过去，发现躺在地上的她，眼睛紧闭，嘴唇微张。一旁的阿姨探了探她的鼻孔，说好似没了气息。已闻声而来的修女，忙给她按压胸口、掐人中，并不断拍打她的脸，呼喊她的名字。十几秒后，她竟真奇迹般地缓了过来。谢天谢地，只是虚惊一场。

修女转过头来，对本地阿姨厉声斥责："我需要跟你说多少遍？为什么不多安排些人手在下面看住她们！你看现在这里有几个人？……"看看眼前这一幕，再看看跑上跑下洗晾衣服的志愿者们，感觉自己突然灵魂出窍般飞离了这个似乎不实、不真的世界。

飘去很远、很远。

在路上：愿生命都如花绽放

①

人在旅途，总不断碰到行人或旅人。

有些，转身又成路人。有些，却自他乡变故知。

搬进此客栈已三个多星期。一批又一批的国人来到，又离开。前些天，继碰上"单车侠"H与L后，二楼又新来了三女生，A、S、D。她们，在拉萨结伴，一路从尼泊尔到泰国，再来到此。她们说起自己在印度的计划。一个月义工，一个月瑜伽，最后一个月将游览印度其他城市。他们和她们都说：在路上，找个旅伴儿一起，就不用操心太多，可互相照顾。唯我，形单影只。我明白，自己的旅行太随意，毫无计划可言。突然喜欢上某个地方，便会在那停留直至厌倦；不喜欢某地，即便它是万千游人向往的旅游景点，我可能亦会选择一刻都不多留。我怕这样的自己将带给同伴太多困扰与不便。

长途旅行如同人生，最好是有一位称心的伴侣，次好是没有旅伴，最坏的就是有一个不称心的旅伴儿。

我却因害怕落入最坏，便放弃最好，只求次好。

住了些天，与A、S、D也熟络起来。她们仨住在二楼一个三人间，自带电煮锅，实在厌倦了本地食物时，她们便在房间煮鸡蛋面。有时会热情地喊我一同享用。一行人兴高采烈地讨论旅行中的趣闻趣事，并欢乐地约定什么时候再回此"故地重游"。想想自己，短期内，我大概没有机会重返了吧。两年前，去西藏时，亦曾与在拉萨结识的朋友约好"三年后我们重回拉萨，老地方再聚聚"。一晃已过近三年，我们却联系渐少，更难提"再聚"。

同窗好友也好，亲密爱人也罢，似都难以逃脱时光这只无情的手，更何况是路上相遇的旅人。

人与人，大都逐渐变得疏远、再疏远。

2

拉萨，这座人称"这辈子至少要去一次"的小城，两年前那个夏天，我亦决定将筹谋已久的计划付诸实施。

还记得，在路上辗转十几天后抵达拉萨的那日清晨，因高原反应，头昏脑涨、天旋地转，跟跟跄跄地找了间客栈多人间，爬上床位，倒头便睡。昏沉中，隐约听到，多人间内不断有人走走来来。直至下午，方才清醒。

坐起身，看到对面下铺有一女生。她盘腿坐在床上，正一边塞塞窣窣吃着零食，一边玩手机。看到我起身后，又好奇地打量着我，目光直切。这就是Y。她来自四川，刚高考结束，带着身上仅有的300块，从成都一路徒步搭车来到拉萨。据她自己说，"路上景色虽美不胜收，但也吃了不少苦头。"途中，遇到过各色人等，甚至还差点被坑蒙色诱。一路曲折不易，终是来到拉萨。随后，在此客栈"打工换宿"，给老板做饭搞卫生，换取免费吃住。

望着眼前这刚高考完的小妮子，小小年纪，却如此有勇气，还很能吃苦耐劳，心中又是钦佩不已。

几日后，又在多人间结识山东的M与Z。离开拉萨前夜，我们一行人在超市买了打啤酒。每人拎了一瓶坐在路边，对着来往路人，不禁高歌。M静坐一旁，身影有些落寞，似乎藏了不少心事。且酒量也不好，一瓶尚未喝完，便突蹲路边，一脸的痛苦难受。酒毕，Y又吵吵着要去吃烧烤。我们围坐在摊边，玩起"天黑请闭眼"。头一回玩这个游戏的我，总是稀里糊涂就被"杀掉"出局。

不知何时，M又坐在了身边。他细心地教我"如何逃脱被杀的厄运"。半夜的拉萨城已完全沉寂下来。巷子里，只剩下夜场巡逻的一队队特警跨着响步在街上巡逻。已微醉的Y回到客栈已近凌晨。睡前，我们约好：三年后再回这里，再玩"天黑请闭眼"。

以梦为马，诗酒趁年华。在拉萨。

感觉尚未怎么闭眼，天空就已微亮。忙轻手轻脚起床，准备前往火车站。其他人都在熟睡中，M却突然地蹦了起来，他说想送我去车站。看着这个笑起来很腼腆又有酒窝的男生，我说自己不喜欢这等离别场面，还是别去送为好。他却坚持，毫不退让。于是一起来到火车站。路上聊了些什么，我已记不清楚。只记得在火车站广场，进站前刻，我们拍下两双各自跋涉千里的脚，心中涌起一阵莫可名状的心酸。进站前，他将背包交至我手中，给了我一个轻轻的拥抱，又轻声说了句"以后要多联系"。他的声音，竟若地老天荒般寂寞与沧桑。

进站，离开。一转身，又扎进了自己的生活旋涡。小聚不过几日，便又匆匆告别，各自无声而退。

世间缘分，或是如此。
来时轻又慢，去时匆且急。

3

在清迈有过一日同游的Ryan，时常发来邮件讲述他的行程杂事。自泰国后，他又去了老挝、越南，说打算游遍东南亚。他称这趟旅行"让自己感受到了与英国完全不一样的文化"。每日都显得异常兴奋。

这日晚间，爬上客栈天台。

在那里，可搜到附近免费的无线网络。但信号极弱，收发一条信息都需好几秒。邮件就更甭说了，要半天才能打开页面。但总归可用。

今日又收到他的邮件，说"旅行可能就要结束了，需尽快赶往澳大利亚"。澳大利亚原本并不在他此行计划之中，但他祖父在那边过世了，留下一栋房子。他家人便想派他过去把房子卖掉，带着钱回英国，而那栋房子里却还住着一老太太，可能是他祖父生前的女友，但遗言中并未提及。他爸妈的意思是，不管那老太太是否依然住在里面，火速前往，将房子换成钱带回英国，并给他下达"最后通牒"。

他说，他的祖父离开英国很多年了，已10多年未曾与家人联系过。他去世前的具体情况究竟为何，他们全不清楚。他说自己"陷入了深深的纠结为难中"。若里面真住了一老太太，他肯定不能将她赶出去，强行卖掉房子。他又讲述起出来旅行后，接触的亚洲家庭的相处模式与自己国家的"简直有着天壤之别"。他有两个姐姐。大姐尽管尚未结婚，但已有两个孩子，很少再回来与家人相聚。二姐已有男友，前些日子准备结婚，而此"姐夫"却在最后一刻变卦逃离。他描述"在英国，爱情如此不靠谱"。他还称："自己家人之间并不亲密，不像亚洲的家庭，一大家子人热热闹闹地生活在一起。"

如我们在电影与书中所见，在西方国家，孩子一到18岁，大都会搬出去住，不习惯与自己父母生活。那些老人，有时候可能会特别孤单吧。

但，从另一角度看，他们的父母不用为子女操劳一辈子，亦不用操心子女的婚事，更别说当自己孙子、外孙的保姆。所以，孩子一成年，父母就真正成了自由自在的人。

这何尝不是种解脱呢？

4

这些天，工作之余最喜欢做的事情之一便是静坐萨德街边，观看来往行人。

在这里，很难遇见吸烟的印度男子，他们似乎更热衷于嚼一种小袋装的粉末状物体。10卢比，便可得一包。倒在手上，送入嘴中。嚼动一番，顿时满嘴的褐红色。

最开始见到这样的情形时，以为是此人病重，口中吐血，被大大地惊吓一跳。后来方才意识到他们并非"吐血"，而是在吃东西呢。把这粉状物倒入口中含一段时间后，便开始外吐。有些人吐的姿态，极为撩人。只见他舌头与上下颚抿动合作，将口中褐红色口水先攒至口尖，脖颈倾力往前一伸，不远处便现一小堆红色黏稠液体。与《泰坦尼克号》中Jack教Rose吐口水的场面有一拼。吐完后，嘴角还不沾一丝褐红液体，相当干净利落。

观看此等情景，实不失为一大趣事。

萨德街往仁爱之家的路上，有相当多的露天公厕，只为男性服务。大都在街边靠墙，呈倒"山"字形简陋修建。还有些男性则无需"山"作挡，直接背街则尿。只见这些来往的男人们，来到那"山"边肮脏不堪的凹处，或在任何毫无遮拦之物的街边，当街便溺也无须洗手，便回去工作。或继续卖奶茶，或卖土豆咖喱，或卖炒面。

即便有好奇游客如我，立在街边观看，他们亦可"面不改色，心不跳"，一心完成他的生理进程。反倒是观看者如我，最终只得"落荒而逃"。但此刻，面对街上形形色色的现象，初到加尔各答时的窘迫与惊吓，已然褪去。

"我们都生活在阴沟里，但依然有人夜夜仰望星空。"王尔德如是说。

贫苦也好，富裕也罢。愿我们在活着的时年里，都无怨无悔。

旅伴也好，路人也罢。愿我们的生命，都如花绽放。

圣诞节：离别之愁上心头

1

离开"垂死之家"后，来到"小儿童之家"（Shishu Bhavan）。这里，又不同于大儿童之家。

此处接纳的是两三岁到十三四岁的孩子，是更为名副其实的"儿童之家"。此中心只接收女性志愿者，大概是觉得女性在照料小孩子方面更加细心体贴罢。上午去了"垂死之家"，下午便来这里。不知为何，尽管此处离萨德街很近，但相比其他服务中心而言，选择此中心的志愿者少了许多。

相比起拥挤忙碌的"垂死之家"，这里显得如此寂静冷清。

这里有 Pince、Ridy、Puma、Toita、Vdar。还有三个怎么都无法记住名字。这是一些两到四岁的孩子。

Prince 似乎听力有些问题。一边耳朵总挂着一个助听器。他还不大会说话，但会伸出小手示意我坐在他身边，或让我带他去教室或餐厅，或与他一起玩玩具。他口中总是咿咿呀呀唱着我永远听不懂的音符，并不时用眼神或小手指向一个方向，示意我看。虽然大多数时候都弄不明白他到底想让我看什么，但我依旧假装我看到了，并热切地回应他，还与他说些自己也觉得莫名其妙的话。我想，他大概也不明白我在说什么，但我们乐此不疲。又有时候，他只是安安静静地坐在一旁，或把我的腿围成圈，随后自己坐进那圈中，呆呆地靠着我。不作声，也不动。顺着他的眼神望去，是窗外随风舞动的树叶，乌鸦和麻雀在树上追逐嬉闹。

Ridy 那么爱笑。不管是他在独自玩耍或是和其他人一起，他总是咧着嘴，带着两个深深的酒窝儿，以及那两颗有点大也有点凸的门牙。哈哈大笑时，正下巴处居然也出现个"小酒窝儿"。他眼睛很大，皮肤非常白皙，是个极漂亮的小男孩儿。阿姨说，他与 Prince 是亲兄弟。

那日，一个女人过来看望他俩，阿姨便悄然告诉我这是他们的"妈咪"。此女人同其他印度女人一样，穿着沙丽，鼻翼打着鼻钉，体态丰满。表面来看，生活并未在她身上留下太明显的伤痕。但神情中似乎透着些悲伤，亦有些无奈。这对男孩，见到她后居然与见到陌生人一样，无丝毫亲近的热情。阿姨说，这对男孩跟她们或是志愿者们都很亲，唯独见了自己的母亲，就如此冷淡。

我并未打听这位母亲与孩子们之间的故事，所以亦不清楚她为什么将他们抛弃在此，又时常过来看他们。我宁愿猜测，故事或许很简单：就是生活艰难，负担不起而已。

在这里，该有多少情况类似甚至更糟的家庭。以他们现有的人口增长速度与规模，恐怕再多的非政府组织和机构，能收留和解救的只是九牛一毛……

想起曾看过的一则小寓言，大意如下。

一名男子到了海滩，发现到处都是被潮汐冲刷上岸的海星。一个小男孩在海滩上边走边把海星捡起来丢回海里。"小子，你在做什么？"男子问道，"海滩上有多少海星你知不知道？你怎么做都没用的啦！"男孩若有所思地停顿了一会儿，又捡起一只海星，把它丢回海里。"至少对这只来说是绝对有用的。"他说。

2

不知不觉中，来此一整月了。再过两日，便是圣诞节。

加尔各答的街上及仁爱之家的各中心，节日气氛已逐渐浓烈。而我，将在圣诞节后启程离开。平安夜当晚，在集合地"仁爱之家"，举行了一个小小的晚会。

志愿者自愿报名参与节目表演。为了此晚会，他们也是煞费苦心，早在半个月前便开始每日排练。尽管只有两个节目，但可看出，参与表演的志愿者们都拿出了十二分的认真在对待。一个是关于耶稣基督身世的话剧，另一个是大合唱。我则因圣诞节并非中国传统节日，加上离别前的莫名忧愁，并不在过节的心情与状态中。但对于西方国家的志愿者们来说，这是他们每年中最重要的节日之一，自当是欢天喜地、兴高采烈。

最后一日，依旧6点半起床。

洗漱，收拾行李，退房。我将背包寄放在隔壁"单车侠"的房间。出门，来到集合点，吃简单的早餐。7点半，同往常一样，明天将不再出现在此的人，全站在中间，被大家唱歌送别。今天为最后一天，人比平常更多，竟约有20来个。

曾在脑海里无数次设想过今天的场景：所有面孔将你围住，拍手重复唱念着"Thank you thank you thank you, thank you to my heart; love you love you love you love you to my heart; miss you miss you miss you, miss you to my heart……"虽歌词只是如此简短重复，但会不会让人泪流满面？

而彼时彼刻，站在人群中，望着他们拍手歌唱，却发现自己没有那么多的忧愁与感伤。一个月过去了，刻在我脑海中的，只剩下那些眼神中的悲伤与凄凉，及面对与接受现实后的麻木与坦然。

在这里，这些人，或许能给他们提供一个遮风避雨的场所，以及无忧的一日三餐，和那遮身蔽体的衣物。但，如家人般真正的温暖与关怀，这里永远也无法给予。

3

早会解散，最后一次来到这个已有些熟悉的地方，小儿童之家。

他们正坐在里屋集体上厕所，那是一条长长的便槽，镶着瓷砖。他们七歪八扭地排排坐在那水槽上如厕。阿姨正在教训不听话的孩子，我在帘外等候。几分钟后，如往常一样，他们从帘子下一个个嬉笑着钻了出来。调皮活泼的，张着双臂猛扑过来抱住我大腿；性情内向的，或因挨训而心情低落的，则黯然地走向靠墙摆放的小长凳，低头玩弄起自己的手指或衣服。还有的，则捡起散落在地上的玩具开始玩耍。

孩子数量已由最开始的7个变为现在的9个。分别增加了一名小男孩与小女孩。每一个都有着自己的脾性。有些安静内向得让人心疼，有些则调皮吵闹得让人想发怒。想起十几岁时的自己，小我七岁的表妹来我家玩时，我有时会刻意把她弄哭。听到她的哭声，我心中竟似乎升起过一种莫名的邪恶快感。那时很惊叹自己居然是个如此缺乏耐心及爱心的冷血之人，可如今，竟不知何处莫名冒出来了些母性……

在他们的世界里，我们这些人来了，又走了。

或一周，或半个月，或一个月。一次便待几个月甚至一年几年的极其稀少。我们这些人的来来走走，或将他们卷入一次次的期望、等待、失望的循复旋涡中。如此反复后，他们还能一直保持着最初那份与人之间天真的期待与信任吗？

一位认识多年的男闺密，曾质问过我："你真的觉得参与这样的志愿者活动好吗？殊不知，你们这样来来走走，会给这些孩子带来什么样的失落甚至伤害？"这个问题后来一直鞭笞着我，不知我等志愿者带给他们的是否只是更多的伤痛。

走在加尔各答的街上，或许是最后一次。这里的冬季来得有些晚，虽已是 12 月底，但树叶才开始飘零，刺骨的寒意，开始阵阵袭来。

4

晚上 8 点的火车。

或因即将离开，喧嚣杂乱的萨德街，此刻竟变得不似往常一样惹人烦躁了。

下午 5 点多，去与 Puji 一家告别，顺便买了些蛋糕祝他们圣诞节快乐。这一家子，是通过一法国志愿者介绍认识的本地人家。Puji 的父母在萨德街经营一个卖饼的小摊，家中有两个女儿，一个儿子。小女儿就是 Puji。她哥哥姐姐都已婚。她哥哥约莫二十七八，嫂子却年仅 12 岁。是父母包办的婚姻。20 岁的 Puji 觉得自己的嫂子很可怜，平日里便待她如自己的亲妹妹。

与他们分享完蛋糕，我说自己今晚的火车，等下就要离开了。Puji 听了后，作伤心样，随后，又说要帮我在手上亲自涂上一个海娜纹身（Henna）。这是印度一种古老又独特的手绘艺术。每个要结婚的新娘，会让亲朋好友在自己手掌手背、臂膀内外绘一些复杂独特的海娜图案。代表着美好祝福。Puji 嬉笑着说："新娘子可以手绘为由，在嫁过去的那些天逃避家务活。"因为干活越多，海娜被磨掉得就越快越干净。走在萨德街上，随处可见拉揽游客做手绘的本地女子。因时间关系，我便请她只许给我画个简单快速的，且只画一只手。她说："你放心，我是大师级别的手绘师，你坐好便是。"

动作果然娴熟利落，几分钟便完了事。

中途，既无修整，亦无停顿。整个图案一气呵成。我抬着手看了看，最后又俗气地叫她在掌心加上自己的名字。不知不觉中，时间已近 6 点，连忙起身告别。

回到客栈,取了行李。在客栈相识的 L、S、A、H 4 人送我去公交车站。L 身形瘦小,却一把将我背包挎在了自己背上,极具绅士风度;S 是相当娴静温柔的女子,尤其煮得一手好面;A 则开朗活泼,一路叽叽喳喳,耍起性子来亦是辛辣可爱;H 则极爱学习,走路都端着手机背单词、看资料。旅行结束后,他们 4 人分别凑成两对,比翼双飞了。旅途相遇,后结成眷属,也是一大美事吧。

⑤

今天正是圣诞节,街上比昨夜更为拥堵。

我们一行 5 人,无法迈开腿脚,只可随着人群慢慢流淌。6 点半,才流到平日里只需几分钟路程的公交车站。迎面驶来的公交车,售票员在车门口探出半个身子,用力拍打着车身的铁皮壳,发出巨大声音提示等车的人,嘴里大声叫喊着本车开往的方向。

来到等车的人流前,车尚未停稳,乘客已开始上下。若有乘客稍稍晚了些,他在最后一刻才从人群中钻出来,虽然此时车已开,但他只需加把劲儿跑几步。伸手抓住车门边的扶手,纵身一跃,便可上车。如此情景,让我等游人看得心惊肉跳。每每搭乘公交,犹如参加一项生动惊险的闯关游戏。不久,等来了一辆去往豪拉火车站的公交车。

大家挥手告别,约好在非洲或中国再聚。上车后,原本有些感伤的情绪马上就被担忧给盖过。路上车水马龙,堵得一塌糊涂。10 分钟已过,车轮却才转了几圈。

看来今天要错过火车了,我悻悻地想。也许是再次受上天眷顾,公交车竟出乎意料地在 7 点半抵达豪拉火车站。

无检票口,无需排队安检,便直接来到站台。

站台上行人不多,稀疏地散落着。不远处有一块小公告板,好些人在围观。好奇地走近一看，原来是贴着一长条姓名数字等。看不明白，向旁人请教。他答："这是火车上乘客姓名年龄等信息，供旅客核对车次和站台。"每个人的车票上，也印有姓名、性别、年龄、车次、座位号、席别等级。我瞪着眼睛，在那密麻如蚁的字纸上看了一遍又一遍，始终未能找到自己的名字。

难道是我找错了站台，抑或是外国游客的信息不在这张纸上……心中满怀焦虑，又四处询问工作人员。待车进站后，又再次核对车次与目的地，这才放心地爬上火车。

曾听说印度火车特别挤，因无需检票，火车便成了许多穷苦人家出行的首选工具，但就今天的情况来看，丝毫没有预想中的拥挤。车开时，还空了好些铺位。思来想去，恍然大悟，今天圣诞节，如我们的春节，是家庭团聚日啊。

沐浴在夕阳中的维多利亚纪念馆

竟是与教科书上美得一模一样

塔尔沙漠。清晨

埃塞北部风光

新年伊始：千里共婵娟

1

这是我的第一次印度火车行。

起点加尔各答，目的地瓦拉纳西（Varanasi）。

轰轰隆隆一整夜。上半夜，不断有人上车、下车，高声谈话，嬉笑吵闹。我买到的是上铺，铺位边的窗户无法关紧，阵阵冷风，长驱直入。此处卧铺不提供任何床单被褥，只是一张光溜溜的床。难怪上车前在站台时，看到许多男人抱着被子等火车。原来是这个缘故。无奈地从包中翻出短袖、衬衫和唯一的外套，层层叠叠套在身上。牛仔裤上，再套一条牛仔裤。脖子处，围上围巾。脚，也用一裤子将其层层包住。最后，再盖上加尔各答客栈里室友P留下的被套。将自己裹成僵尸一般横在床上。结果依旧是半身冰冷，彻夜未眠。

早上5点多，天尚未亮，车厢内极其安静。只有火车前进的"哐啷"声。不知为何，隔壁铺竟有三四个妇女开始低声合唱。一人主唱，其他人轻声附和。歌声在车厢中飘荡开来。我整个身心，从冰冻的迷糊状态中被彻底搅醒。

眼睛时开时闭，直躺到天明。决定起床，看看清晨的景色。窗外是一片迷雾，视野模糊，似乎是缓缓延绵的平原。天地之间一片灰白，虽有十来度，但却显得如零下寒冬般的清冷冰寒。依稀中，满眼全是孤寂萧条的田野，几乎无任何农作物的影子。田野里忽近忽远地闪过三两棵树。这片大地，在些许迷雾的笼罩下，似梦一样虚幻。偶尔，掠过几座有着破旧围墙或屋顶的房屋。列车，仿佛正驶入古老无人的中世纪。

有些神秘，又有些惊慌。

"瓦拉纳西，比历史老，比传统老，比传说老，
甚至比这些加起来的两倍还要老。"
马克吐温如是描述这座城。

② 2

火车，原定上午9点半抵达。但晚至11点，才缓缓进站。

瓦拉纳西沙发主，Babu，男，与姐姐妹妹及父母同住。资料显示有十几个好评。因工作繁忙脱不开身，他便委托其好友Deepak骑着摩托来车站接了我。我们在车流、人流、神牛中穿梭，拐进一极其狭窄仅约一米来宽的巷道中，进入老城区。

最后，在一处挂满具有印度特色的围巾、衣服等产品的店铺前停下来。门对面的墙角，站着一头正撅起尾巴在拉屎的牛。牛旁，立着一身穿蓝色连帽外套，满脸络腮胡的青年，他正面带微笑看着我们。那就是Babu。

他在眼前这家店工作，店主是他叔叔。他说自己高中未读完便辍了学，跟着叔婶学做生意。后来，觉得中国发展机会多，便去香港寻找机会。但在那边被一印度同行坑骗，好不容易攒起来做生意的钱全没了，落得两手空空回了国。在一段时间的消沉抑郁后，他又振作起来。他说，自己身为家中唯一的男孩，要出人头地，为家中姐妹攒钱做彩礼。那需要很大一笔钱。

在印度，嫁女儿需准备大笔彩礼，根本原因大概是女性社会地位低下。虽在许多印度教庙宇可见到许多被祭拜的神像都是婀娜丰腴的女身，可在现实生活中，她们却处处受限。我并非女权主义者，也觉得男女之间难以取得所谓"绝对的平等"。因个体上存在着与生俱来的

差异，在生活中各有分工也不见得是件坏事。但若是女性地位低下至嫁女儿几乎成了卖女儿，那就成问题了。最后，Babu又叹息："虽然当今印度社会已在慢慢进步，但深受传统文化影响的父母长辈等思想难以转变。他们依旧认为，嫁出去的女儿的幸福程度与彩礼多少息息相关。礼金越厚，她就会越受婆家人待见。"

又想起在那日森林寺庙的住持大师说的话："社会是什么？社会是一系列的价值、准则、规定和传统……"

被社会禁锢着的思想，想要挣脱，绝非易事。

③

这是今年最末一天，人在瓦拉纳西。

傍晚回到Babu家，他妈妈Mili、姐姐Sweda及妹妹正盛装打扮。她们准备今晚去看跨年晚会，说就差我了。Mili兴高采烈，因为晚会上有她喜爱的明星组合将现身演唱。

Mili已有19岁，却依旧孩子气十足。晚上睡觉时，有时会跑来与我同睡，有时又跑着钻进她姐的被窝，还有时又爬去与她爸妈挤着睡。她率真开朗，待我如亲姐姐一般。她在瓦拉纳西大学念大二，专业是歌唱，同时修小提琴。每次在学校学了新曲子回到家，总要拉着我做她第一个听众。她平时也很臭美，我俩熟络后，她偶尔会翻出我的衣服，要求换着穿。试穿后，发现我的衣服她很难穿下，便又开始一个劲儿地唉声叹气。并怨我："你为什么要长这么瘦！"消停没一会儿，又从柜子里把她姐姐的沙丽翻出来，逼着我试穿。

她对生活充满了如此的好奇与热忱，与我曾在加尔各答遇见的印度女子似乎很不一样。她说，她以后的梦想就是进军宝莱坞做歌手。赚了钱后，就回家把一楼的学校建成全印度闻名的好学校。

是啊，无论生活在何种环境下，人只要有梦想，就有了人生的支撑点。

待所有人梳妆打扮完毕后，我们出发，来到一露天足球场。

场地上灯光闪烁。临时搭建的舞台，已布置完毕。台下摆满塑料凳，观众已差不多满座。七点整，晚会如期开始。主持人与表演者，讲的全是印地语。一开始，Mili还不忘在一旁小声与我讲解。后来，她看得逐渐入迷，便将我抛到了九霄云外。台上主持人、表演者似乎都非常幽默诙谐。台下观众，笑声、掌声、呐喊声连绵不断。所有人开始变得疯狂。看着如此欢乐的人群，虽不得他们的笑点，但自己的心情亦莫名欢乐起来。

终于进入跨年倒计时。最后一秒数过，欢呼声、口哨声、呐喊声、尖叫声、歌舞声汇成一片，全场观众从凳子上跳了起来。在这片异国的星空下，我迎来了崭新的一年。

望向天空，默默许愿。

愿此刻，千里共婵娟。

卡久拉霍：生活不在别处

1

　　傍晚的火车。下一站，卡久拉霍（Khajuraho）。

　　躺在上铺，又是一夜迷糊。

　　凌晨 6 点多，底下车厢突然变得人声嘈杂。翻身一看，发现所有人都已起床，在收拾行李。原来，火车已到站。与对面的韩国男确认，他说火车已抵达卡久拉霍。还好，此地就是终点站。若只停靠几分钟的话，我今日又可能"杯具"了。此时，天空尚未大亮。我慢悠悠地起床，收拾了行李，上了个厕所，最后对镜理了理已凌乱不堪的发型。待整个车厢的人都下得差不多了，我这才踱着悠闲的步子下了火车。

　　跟着人群往外走，来到一候车厅。准备联系卡久拉霍沙主 Raby。结果发现这手机在此小镇已完全丧失信号，让人绝望的显示着"无服务"。尚未站定，便被一大群掮客团团围住。

　　"早上好啊，女士？""要地图吗，女士？""需要突突车去镇上吗，女士？""第一次来克久拉霍吗，女士？……"

　　无数句"女士"在耳边响了开来。我正在气恨自己的破手机网络，毫无搭理他们的心情，尽管他们看上去也不全是坏人。于是，恶狠狠地横过他们一眼，径自走出车站。

　　外面一片浓雾，能见度只有三五米，天气极冷。当地人都用围巾将自己的头颈裹了个严实。我在广场上，挥舞着手机来回走动，祈祷手机来一点信号。结果，晃了半日，一直冷冰冰地显示着三个字"无服务"。实在太冷,又赶紧缩回候车大厅,那里有一排椅子。心想,那就先等天大亮了再看情况吧。

屁股尚未坐热,又有人过来了。

"嘿,你一个人吗?"

"你知道哪里可以打电话吗?"我答非所问。

"你要打去哪里?"

"卡久拉霍的朋友。"

"那把我手机给你打吧。"说完便将自己手机掏了出来。

将 Raby 的号码报给他。不料他开始大叫:"我认识这个人,他叫 Raby,对吗?!"斜了他一眼,心想:"这么烂的骗局也想骗我?把本姑娘当傻子吗!"他见我一副"明显怀疑"的神情,便拨通了 Raby 的电话,自顾自与那头聊了起来。聊完后又将电话递给我。怎么可能啊,这怎么可能呢?接过电话,掏出包里的小本,与电话那端核对"暗号"(就是在沙发网上提前交换过的个人信息)。发现此 Raby 正是彼 Raby。神啊,你造的这个世界太小了吧。

事实上,几天后发现,原来不是这个世界小,而是这个镇子小。整个镇中心就仅一条可被称作"街"的小马路。在这样的小镇,人们互相认识也就丝毫不显得稀奇了。

Raby 家坐落在老区。穿过田野、草地、沙坪、泥泞小路,终于来到他家。院中一口大井,他说约有 20 几米深。他妈妈和妹妹正在井边洗头洗衣。如此冬日时节,她们也在井边舀了凉水直接往身上淋。看着她们,不禁让我打了个寒战。

2

卡久拉霍，之所以受游人如我的追捧，是因此处的性爱神庙。

那是坦多罗教（Tantfism）留下的建筑。历经一千多年风雨，依旧幸存。坦多罗教是从吠陀教发展演化而来的一教派，以崇尚性与性能量著称。

据说在印度，有父母带着将要成婚的儿女来到庙前，以传授"婚前一课"。

Raby 是学生，20 几岁，在德里攻读日语专业的硕士学位。现正值寒假期间，每日闲在家中有些无聊，便接待沙发客。因此地为"性爱之都"，本想找寻女沙主，却不得。而与 Raby 出行，总担忧他会不会把我想歪：一外国女子，不远万里，单身来到此地，参观如此露骨奔放的雕塑，想必她自己亦是极其开放之人，说不定可……

我在心中如此胡乱猜测。于是，与他相处时，心中竟没了往日的光明磊落，不由得变得有些忸怩做作起来。

借住一晚后，又谎称"离镇太远"，便搬离了他家，来到镇上一小旅社。

他似乎并未察觉我的此些"小心思"。这日，他依旧来到旅社，称要给我做"私人保镖兼免费向导"。不知该如何拒绝满脸笑意的他，又只好任他随行。

他介绍，卡久拉霍的寺庙群是绕湖而建，分东南西北四个古庙群。西边是保存最完美的，且规模最大、最负盛名，自然便是收费的。其他则都较分散。

来到西庙门口，许多本地人进去祭拜，他们无需买票。进来后，见到一大片修剪整齐、满眼翠绿的草地园林。绿色尽头，耸立着的就是引得游人络绎不绝的神庙。这些石庙，都有着直入云霄的尖塔。但由于塔身有着柔和的弧线加上满布着繁多复杂的岩石雕刻，所以并不显突兀。塔有大有小，大的可能有四五层楼那么高，小的则可能不到两层。透过时光，似乎依稀可见当年无数工匠们精雕细琢的场面。整座庙宇，小到人物细微神情，无一不是精心雕刻。着实让人叹为观止。

外墙上，嵌刻着上千尊石像，情境生动，形态逼真。有的是一双男女，有的则是一男三女或更多女。看了一圈，发现最多的是女性胴体，全裸，胸挺臀翘。或站立，或跪坐，或对镜梳妆，无一不强烈散发着对女性身体的崇拜及赞美。

3

接连数日，将时光散落在镇边古老村落里。

或独自一人，或由 Raby 与 Deepu 作向导。Deepu 是 Raby 的同学兼朋友，同样在德里攻读硕士学位，但他读的是德语专业。

几日相处下来，觉得他们似乎都是性情很好、大方有礼的男士。我曾读过许多别人关于印度的旅行笔记，其中描述到许多印度人，几乎多为贬抑之词。于是，初到印度后，每每在街上遇见任何搭讪之人，我必先揣测"你想做什么？"或"你又想使出何等招数来骗我？"即便是沙发主，我亦曾毫无君子风度地怀疑他们"接沙是否另有企图"。

入印一个多月以来，所遇之人，除去个把变态，剩下都可称得上是名副其实的好人。

虽只待了短短几天，却已转遍小镇与周边村落，决定明日早上前往阿格拉。

最后一日的早上，又是大雾天气。吃完早餐不久，11 点多依旧不见太阳的身影。街边，随处都是裹着围巾，哈着白气，围着一堆就地烧起来的柴火闲聊的本地人。

又在抬头不见低头见的镇上遇见了 Raby。他说，城外还有一古庙遗址，是他最喜欢的去处之一。于是又跟随他走了去。10几分钟后，一座只剩下残垣断壁的庙出现在眼前，坐落在比马路高出几十米的高地上。爬上去，视野顿时开阔起来。一西方脸孔，正盘腿静坐庙址中央，似是在冥想。

这确实是个理想之处，僻静，孤寂。此遗址占地几百平米，有四五十个小供堂，但已都被破坏。堂中摆放的神像据Raby说都已被人拿走，只剩下一个个空洞。远处有村庄和裸露的黄土地，及一小片湿地，大群羊牛在湿地上啃着稀疏的青草。太阳在迷蒙的高空中开始若隐若现。我们在一处平坦的石板上坐了下来，无过多交谈，各自静坐。

突然，Raby说起了话："不知为什么，我总感觉你心里装着很多事。通过这些天的接触与观察，你似乎不是在旅行，你只是出来在路上打发时间而已。"心里一惊，惊叹他的观察力与感受力。短短几天，竟似乎窥探出我了的内心世界。

4

上路前，曾无数次问过自己：旅行的意义究竟何在？

旅行，逐渐变为每天流连于陌生的小城、陌生的人群、陌生的生活。我到底在做什么呢？说心里话，我也不知道。似乎，就是厌倦了熟悉的地方、熟悉的城市、熟悉的人，所以我出来了。我以为，生活会在别处。

尤其在上路一些日子后，心中常泛起一种说不清道不明的忧愁，似乎来无影去无踪，但却始终潜伏在我生命的最深处。独在异国的这些日子，与眼前本地居民的生活是不同的，那只是他们的生活；而与自己原本的生活似乎也拉开了距离，但却又实实在在是在过自己曾朝思暮想的日子。

生活，似乎并不在别处。

脑海中，又浮现起那日森林寺庙中住持大师开导我的话。

引发人不能"安分守己"的根源，在于他还未能找到"真正渴望去做且愿意将整个身心及生命都投入其中的事"。旅行与远方，并不能将我从生活中的苟且解脱……

但，你至少得走完非洲才能回去。我如此逼迫自己。

阿格拉：有惊无险遇见你

①

早上8点的火车，离开卡久拉霍，去往阿格拉（Agra）。

起床，发现外面正下着瓢泼大雨。雨水已漫过了整条街道，却毫无要停的迹象。眼看离发车时间越来越近，"突突"车司机坐地涨价，平日里只要几十卢比的路程，此刻开口就是三五百卢比。气愤地让他们快快开走。又问了几个"突突"，依然是此价位。看来，他们认定了这是个涨价的绝好时机。

最后，冒雨冲上一辆200卢比的"突突"。上车才发现，里面还坐着一亚洲长相的男子，名叫Andres。他也是去赶开往阿格拉的火车。因"突突"车是塑胶门帘，如此的狂风暴雨，雨水不断被拍进塑胶门帘的车里，完全无法抵挡。抵达车站时，我已有半个身子湿透，但所幸已及时赶到。

上车找好座位，放好行李。已过票上的发车时间，却似乎不见一丝要发车的迹象。于是，我与Andres又决定跑下火车，去站台边的小摊上买点儿早餐。我要了杯热奶茶、几个萨莫萨三角饺、几袋饼干。付了钱等着店主装袋。Andres也正在点一些薯条饼干之类的食物。

一手端着奶茶，一手提其他东西往回走。扭头竟望见，那车已经在开了！

天啊，我的火车在开了！

身旁的 Andres 已不知何时全然没了踪影。我一边大叫,一边冲向火车。火车门旁边,一男人在朝我招手,示意我需再加速。于是,只好甩掉手中的奶茶,拿出当年五十米冲刺的速度奔向车门。门边的好心男人,伸手帮我接过袋子,我使劲一跃,跳进车厢。在惯性的推动下,一个踉跄差点摔倒。还好,矫健如我,已牢牢抓住了车门。我终究是有惊无险地赶上来了!只可惜,奶茶没了。

谢过那好心的男人,我找到自己的车厢。发现 Andres 已端坐在座位上了(印度的火车站在售票时大都把外国游客安排在同一车厢)。他见了我,忙解释道:"我钱都没来得及付,发现车就已经发动了,便连忙跑了回来。""所以根本就不管我了?!"我在心中埋怨嘀咕。随即马上一想:"别人为什么要顾你,半小时前才认识!""啊,好吧!但你开跑的时候至少可以叫喊一声啊!"实在有些难平心中的愤懑。

还好,又是有惊无险。

2

因是起点站,车厢空空荡荡,并无多少乘客。如国内一样,这也是个卧铺改成的硬座车位。我旁边、对面都尚是空的。在床头发现一插座,我便拿出吹风机,持续吹了个把小时,终是把裤腿儿、衣袖、围巾勉强吹干。

Andres 可能坐着有些无聊,便跑过来闲聊。虽对他刚才的行为很有些不满,但想想,还是大人不记小人过罢。

他说自己是"美籍墨西哥裔"。父母是墨西哥人,早些年移民至美国。于是,他称自己是个"地道的美国人"。说到"地道"二字时,一脸的自豪与傲骄。

通过他,孤陋寡闻如我,确实又了解到一种新的旅行方式。

出发前,找好一家旅行社,由其全程安排他的行程,甚至包括所有细节。要去的城市、景点，所待天数，去往下一城市的交通方式，离开时去火车站或机场的交通工具等，事无巨细，全由旅行社安排。就差给他安排一日三餐、吃喝拉撒了。他在印度的整个行程，被旅行社安排为25天，750美金（折合人民币四五千块）。

这却是我在印度接近3个月的开销。

又问他，若碰上了自己非常中意的地方，又或者突然冒出一更想去的目的地，那岂不是得更改所有预订信息？他说，旅行社只允许他有一次这样的"变卦"机会。如此一来，旅行变为拿着被提供的行程单，赶往一个又一个的目的地。这样的旅行，似乎也有些无趣。

他九月份从美国出发，用如此方式旅行了欧洲、埃及、中东。现在到了印度。虽才旅行了四个半月，但他说"已感觉非常疲劳，甚至开始有些厌倦旅行了"。我想，换作任何人，都会感觉疲惫吧。

3

阿格拉的沙发主名叫 Monu，他家位于一"城中村"。

穿过无数大街小巷，他带我来到一绿色铁门前。他姐姐正跪在院子里擦地。他爸妈去邻居家串门儿了。他弟弟则去同学家了。来到他提供的房间，墙壁是紫色与老红色各占两面，床上铺着带有民族风格图案的棉麻被褥。一排嵌在墙壁内的柜子，摆了些小玩具。一小方桌与两把椅子，桌上铺了一块有手工绣花的紫色小台布。看上去整洁舒适，但屋内有残留的油漆味。他说，这间屋子是一个月前刚重新粉刷的。出门在外，自是不能挑三拣四的。

今日，来到火车站订票。打算过几日前往斋普尔。

在车站，被告知没有确切时间的票。于是便被排在了"等待名单"（waiting list）上。在这里，当火车票被售完后，工作人员会给想订票的顾客列一个名单。大概是待其他旅客退票后，处于"等待名单"上的旅客便将按此顺序来取得这些退票。若无旅客退票，或排在你前面的旅客多于退票的旅客，那就意味着等待失败。可全额退款，再另择日期重新订票。

将自己交付天意吧，我现在就穷得只剩下时间了。

泰姬陵：是爱情不是神话

1

来到阿格拉，为的是泰姬陵（Taj Mahal）。

只要你相信爱情，你便会赞叹泰姬陵。人常说，相爱容易相守难。长情，需要征服时间与空间。而人，最经历不起的，便是这两样东西。此人世间，物转星移，沧海桑田。若长情几年，已有些罕见。若是情深一生，那估计该像"天外来客"般稀少了。

曾看过有人用"情深不寿"一词来评论泰姬的爱情。

凄凄惨惨戚戚。

曾有人说：最难过的不是你爱的人不爱你，而是那个爱了你很多年的人，突然离开。

2

有资料称，参观泰姬陵，要在夏日清晨日出前进去，日落后满月时再出来，称"如此方可见到她最美丽的时刻"。还有人称，她到了傍晚会从白色变为灰黄、金黄、粉红、暗红、淡青。最后到了夜晚，居然还会变成紫色。居然还有人这样描述：她在早上7点时，水中的倒影会幻变为一女子。由此可证，人类的想象力，真真儿是无穷无尽。我等想象力较为贫瘠之辈，只得"自叹不如"。

今日，又是浓雾天气。十一二点才见到一点慵懒的阳光，还随时可能躲进灰厚的云层。

我来到泰姬陵门口,立在人流中徘徊张望,心中纠结妄想:不知明天是否会有好天气。来到售票处,分男女窗口,还有一专为外国游客设置的窗口。价格亦是天差地别,本地人票价20卢比,外国人却是750,几乎翻了四十番。

售票窗口写着参观时间为"日出而进,日落而出"。看来,泰姬陵似乎每日与太阳一起作息。但这些天,十一二点才有"日出",偶尔三四点便有了"日落"。开始思索今天究竟是几点关门。身旁,不知何时多了个印度大叔,似是一老实本分之人。于是,未等他先开口,我主动搭讪。

"你好,你知道这几点关门吗?"

"大概五六点吧。"

"那里面多久可参观完?"

"两三个小时足矣。"

现在一点多,时间上该是绰绰有余了。

过了几秒他转而问我。

"你是北印人吗?"

我?我像印度人吗!我有那么黑吗!心中大呼。不过,听说在北印,喜马拉雅山脚下,居住着不少亚洲长相的人,但也大都有着偏黑的"高原红"脸蛋。

"我还以为你与她们是一起的呢。"他又道,并朝我身后努努嘴。转身一看,果然站了几个与我相似的亚洲脸孔。她们化着浓妆:鲜艳的口红,浓浓的画眉,深深的眼影。穿的不是沙丽,而是花衬衫与牛仔裤。

"你干脆就跟着她们一起,还可只花20卢比就进去了。"

惊讶地瞪大眼睛,他居然提出如此"建设性的意见"。

"啊……这样行吗?那如果售票员用印地语或其他方言问我问题呢?"

"他不会问的,只要你不多话就行。买票时,直接将零钱递进窗口,他便知道你要一张票。"

如此肯定的口吻、"小菜一碟"的表情,让我有些动摇。心中开始小人大战。一个说:"不就是700多卢比的区别吗,居然去做这种浑水摸鱼的事,你丢不丢人!"一个回:"这多刺激好玩啊!你试一试呗,若能只花20卢比,为什么要去花那七八百?"最终,"穷游"心理占据上风。我战战兢兢地加入了"花姑娘"队伍,排队。

脑海中,设想起接下来可能发生的各种情况。

3

仿佛过了一个世纪,终于排到了我。

深呼吸,定神,壮胆。走近窗口,窗口非常小,因没有开灯,里面很暗。窗口用铁网围住,仅留下一个可伸进手递钱与取票的口子,并装了块铁板挡住该口。购票的人需用手推一下,方可将钱递进。我故作镇定,推开铁板,递进20卢比。里面的人收了钱,不到两秒,便甩出一张票。似乎看都没看我一眼!居然如此得来全不费工夫!

不过,现在还庆幸太早。接下来,排队验票,才是关键。在西门口,等待检票的游客已大排长龙,亦分男女两队。当然还有一队,又是专为外国游客设置的。那一队,仅寥寥几人。

现在是1月中旬,阴沉天气居多。尤其早晚,寒意很浓。我常学着本地人,用围巾罩着头部,再围着脖子绕一圈,确实相当保暖。可能,这亦是我被误认为印度人的"迹象"之一。入印已近两个月,还发现本国人一极具特色的头部动作:当他们表示默认或同意对方某一观点时,会将头往左或右稍稍一偏。男女老少,全民如此。因与他们接触的太多,导致我竟亦在毫无意识的情况下做出过此动作。于是我心想,稍后,或许可将此作为自己印度人的"迹象"之二。

眼看一步步接近检票口,心中又开始忐忑打鼓。不停进行深呼吸,并暗暗给自己打气。

终于轮到我,检票的是一老头儿。他看了看我的票,又看了看我的脸，眼神中，明显可见他内心的讶异。随即，他吐出了一句简短的印地语或其他方言。我自然是听不懂。只好使出"杀手锏"，学他们的样儿，偏了一下头，并含糊不清地回应了他一句。他居然也偏了一下头对我表示回应，接着示意我往里走。

我居然真的"混"进了泰姬陵！

4

进门。

眼前是又一扇门，极高、极大、极古老。"庄严雄伟"这样的词已无法形容。据说，此门象征着天堂的入口。一想到此，不禁觉得脚下生风，似踩在云端。开始幻想穿过此门后即将见到的天堂景象。轻轻跨过门槛，展现在眼前的是一片开天阔地。视线远处，便是她。洁白如玉的泰姬陵！曾无数次在书上看到过的泰姬陵！如今活生生且一览无遗地展现在眼前，不禁屏住呼吸：她，竟跟书上描写得一模一样！

她如纯情少女般静立，似是在等待爱人的归来，又似是在默默守护着已逝爱人的遗骨。千年如一日般地执着与痴盼。

泰姬陵，我终于来了。

走下台阶。中间是喷泉水池，两侧是游人通道。水道两旁是果树和柏树，偷听到旁边导游在解释，称这两排树分别象征着生命与死亡。通道两边是翠绿草坪与花坛。左右两侧几十米远外，都是赭色钟楼。一侧为泰姬陵博物馆，一侧则为不知名的，但模样相同的红楼。草坪远处，散落着一些高大树木，如一个个战士日夜将她守候。

脱鞋，上殿。

似害怕惊动她的陵寝一般，我小心翼翼、放轻脚步、踱着步子来到它身前。触摸着这洁白的大理石，中间嵌着的黑色大理石及各类珍贵宝石，沁心般凉。排队进寺，来到她的石棺前。室内有银色烛台（据说是纯银）、金色灯座（据说是纯金）、华丽净艳的地毯。没有琐碎，没有含糊，如同他们的爱情。

游人排队在后，未能多作停留，深看了几眼便出来了。出门来到陵寝后方，底下是条河。我坐在河边高高的栏杆上，眺望着远方。

心，却不知朝向何处。

5

呆坐良久。看来往游人，大都结伴而行。如我般形单影只，实为稀少。

左边，过来一对已近耄耋之年的老夫妻。妻子，静坐在轮椅上。丈夫，推着她缓缓而行。上那个小斜坡时，他似乎有些吃力。倾着身子，费尽气力，才将她推上来。快要接近陵寝时，她唤他停下歇息。他屈膝蹲下，喂她喝水。她则掏出手帕，轻轻地替他擦汗。举手投足，满是爱意。

那眉目之间，是无尽的深情与温柔。

他们曾经历过多少事，或悲或欢，我皆不知。但此刻，他与她，一起旅行，相濡以沫，是人世间爱情的最好见证与诠释。相爱之人，牵手来到泰姬陵前，已是享尽了爱之荣光。

是，还是有爱的。这薄凉的人世间。

执子之手，与子偕老。如此爱情，不是神话。

斋普尔：旅途"艳遇"

1

排队购买火车票，成功，如期离开。是夜11点多抵达斋普尔（Jaipur）。

斋普尔沙发主Awis，家在离市区还有些距离的一小村庄里。他为沙发客提供的住处，是一座两层楼的新房子。他自己住在离此几分钟远的另一处。他说，这是他父亲与叔叔投资建的用来买卖的房屋。刚装修完几个月，但似已闻不到刺鼻气味儿。他便趁房屋卖出前，拿来接待沙友。

Awis，22岁，在校学生，模特专业。一听说是模特专业，我便又多打量了他几眼。

他的五官似乎确实比一般的印度人更显立体：鼻梁更高，眼睛更深邃。身形高、瘦，又似乎恰到好处。但头发，依然是油光发亮的边分。平常所见印度男子，除却街上流浪之人，大都非常注意自身形象。街边有许多熨烫小店，10卢比便可烫好几件。老式手用熨斗，木炭火炉加热。他们的衣服可能旧破，但出门前日，必送去熨烫得笔直挺括。头发可多日不洗，但出门前必先抹上摩丝或椰子油，朝后梳或梳成边分。泛着油光，意气风发。Awis的头发亦不例外。而且，他似乎比常人更喜欢香水。一走近，便飘来一阵莫可名状的香熏气味儿。

这是栋空荡荡的房子，屋内无任何家具。客厅堆放着装修用剩的水泥、木板等杂物。一楼卧室,便是为我等沙发客准备的。房间里没有床,地上铺着席子、棉被与毛毯。而且,看上去似乎已有些时日未换洗。顿时心中愕然,便生了嫌弃之心。

幸好,背包里还有从加尔各答一路背着的被套。但这一路,除了在火车卧铺用过两次外,在沙发主家尚未用过。是怕引起沙发主的尴尬与误解。我也并非如此挑剔之人,并且明白,有人愿意给自己提供免费的栖身之所,已属不易,怎能还嫌这嫌那呢?

其实,我的落脚之处仅为一床铺在地上的棉絮也没有关系。想来在泰国寺庙里,我睡的可是仅铺在地面上的席子而已。但,眼前这被套看上去都有些发黑。想问他,你这是用来接过多少沙发客而没换洗过的?可想想,还是忍住吧。用自己的被套,不就解决了吗。何必让他觉得我"难以伺候"呢?

2

这座城市,斋普尔,又被称为"粉色之城"。

据说,此城市的房屋全是用砖红色的砂岩建成。但站在高处,却发现这脚下的城市并非粉色,倒是更像土陶色。拦住身边的当地人一打听,他居然解释说:"因为当年,我们的词汇中没有土陶色(terracotta)这个词,便只好选了颜色较接近的粉色(pink)来形容。"是真是假,不得而知。

这最后一日,看完"风之宫殿"与"琥珀堡",便早早地回了住处。

Awis 称下午约了几个朋友,要来做鸡肉咖喱,为我饯行。傍晚时,过来一群人,提着锅炉与木炭。他介绍,这个是叔叔,那个是堂弟,剩下两个是朋友。"厨子"便是他叔叔。他叔叔笑称:"我做的鸡肉咖喱,保准好吃到让你们永生难忘。"

他们把火炉架在客厅外的过道上,开始生火烧鸡。另一些人则开始准备需要的材料。我插不上手，只好蹲在一旁观看。他叔叔开始有一句没一句地与我"八卦"。

一锅鸡肉，炖煮了近3个小时。开饭时已接近9点，我们全都已饿得前胸贴后背。一开吃，全都咋呼着，这一顿鸡肉咖喱"真是有生以来吃到的最好吃的"。居然将一整锅吃到一滴汤汁都不剩。吃毕，已是10点半。

Awis将他们一一送走后，回来收拾锅具火炉，我则帮忙清扫。收拾干净后，已是11点多。他将鞋子一脱，往我地铺上一坐，甩着胳膊说"累死人了"。我将背包简单整理了一下，说"明天还得赶火车，该快快睡觉了"。

其实是想暗示他，"你也该走了"。

不知是暗示过于"暗"，抑或是他装糊涂。他却忽然又喊着"好冷"，随即掀开被子钻进了我铺着的被窝。随后又伸手拍了拍旁边，招呼"你也过来坐啊"。我只好在床的另一头坐了下来，将穿着鞋子的脚伸在铺外。虽感觉似乎哪里不对，却也不好将"主人"往外赶。或许，他真的只是想坐坐呢。

接着，聊了聊旅行中的感受，扯了扯接下来的行程。实在熬不住了，便笑着催他"你快回去睡，明天还得上课吧"。他突然起身，抱住了我……我用力推开他，疾言厉色地说道，"你干什么？我要去沙发网揭发你！"其实我知道这样的威胁根本没有震慑力。若他执意要做什么，我肯定是跑不掉了。这个人模狗样的家伙！亏得他这两天一直装着副"正派君子"的作风。未料，竟在这最后一晚兽性大发！

我想，他可能是初犯。因为接下来，他竟耷拉着头坐在那里，似与刚才完全判若两人。几分钟后，他默然起身，接着消失在门外夜色之中。

几分钟后，他发来信息。道歉，并进行着苍白无力的解释："因为很喜欢你,所以一时冲动。非常对不起,请原谅!"

我揣测,他的真实心思可能如此:老子长得这么帅,这又是最后一天,说不定她会非常乐意与我来个"一夜激情",何不试试呢。

3

这旅途艳遇,可谓一大乐事。我也曾想象过自己在路上过一把"放浪形骸"的瘾。后来,逐渐明白此事"只可远观,不可亵玩"。

从瓦拉纳西,到克久拉霍,再到阿格拉,所有接触过的未婚男沙主,几乎个个都心存与人暧昧的心。我猜测,暧昧的尽头,便是性。有些沙发主或想,日子如此空虚无聊,遇上单身上路的女沙发客时,趁机火热一下,若可从中发展出一些"激情之夜",也算是可为生活平添一些乐趣,自己也不会有啥损失,何乐而不为呢?

再后来,我又想:"若在路上遇见真正喜爱的人,该如何是好?"

那就留下联系方式,慢慢联络。若对方亦有心,便自会水到渠成……但若他无心,那即便是将自己送上门,亦只能落得个结局悲惨的"one night",那又何必?

杰沙梅尔：独在异乡为异客

①

晚上的卧铺，斋普尔至杰沙梅尔（Jaisalmer）。

已订好中国新年后德里至约旦安曼的机票。于是，预计杰沙梅尔将是此次印度之行的倒数第二站。最后一站，将是德里。

夜行火车，一如既往地寒气逼人。光溜溜的卧铺，再次让我彻夜未眠。暗暗警告自己：以后，再也不要在寒冷的冬季乘坐印度卧铺火车旅行了。

杰沙梅尔沙发主为Sude。他经营着一家客栈。表弟Neje则在离杰沙梅尔不远处的塔尔沙漠，经营着一处露营营地。他们接沙发客的目的在于，通过提供免费住处，先认识游客，再向他们介绍沙漠露营地。如此，可招揽到更多游客。当然，只是推荐，并不强迫。

杰沙梅尔，是印度美女盛产之地，也是"金色之城"。这座坐落在沙漠中的小城，城内所有房屋均用黄砂岩建成。登上城内最高点，俯瞰脚下这座城，所有建筑的颜色都是沙子一样的黄色。夕阳西下时，放眼望去，整座城市都被笼罩在一片金色光圈中，宛如神话中金子打造的宫殿，是一座名副其实的"金色之城"。但如今的古城已被为游客设立的客栈、餐厅、旅行社、各种手工艺品店等填满，甚至寺庙也被规划成了游客的参观点。已全然丧失其本有的宁静与低调，只剩下熙攘与喧嚣。

Neje 在沙发网上新注册了一个账号，他邀请我作为第一个沙发客去感受他的沙漠露营地，重点是希望我可以给他留下第一个好评。于是跟随他前往塔尔沙漠。

2

沙漠对我最为强大的吸引力有三点：清晨的日出、傍晚的沙漠骆驼行、夜晚繁星闪烁的星空。

下午 3 点，抵达营地正是沙漠中最为炎热的时刻。下车后，一股热浪迎面扑来，让人无处闪躲。炙热毒辣的阳光，似乎要将大地上的一切都聚焦至燃烧毁灭。尽管如此热辣，但依旧无法抑制住第一次来到沙漠的激动心情，不顾 Neje 的劝阻，冲出营地，来到对面的沙漠与它进行"零距离接触"。

没到半小时，没有任何装备的我，感觉自己似乎要晕了过去。强大的热浪，一波波来袭，让我头晕目眩，似乎随时就要倒下，被风沙埋葬于此。于是，跟跟跄跄又忙往回走。半路，碰上出来找我的 Neje。他说：你再不回来，我以为你快要"壮烈牺牲"了。还说，不是吓唬你，去年，真有一游客因中暑而差点命丧于此地。

回到营地，这才细看。眼前，有二十几个状似蒙古包的房子，一排排的围成一个大院子。"蒙古包"内，虽不豪华，倒也简单整洁。

在 Neje 给我安排的"蒙古包"内等至下午 5 点，我迫不及待地又想去沙漠了。他又帮我联系了一头骆驼，已被训练好的骆驼，在主人指挥下前膝跪地，待我爬上坐稳，它才缓缓起身。主人在前面牵着缰绳，他是一位年纪在四十左右的男子，因常年生活在此，皮肤已被晒得黝黑。我们仨，往沙漠进发。其实，我更加倾向于走路。到了沙漠中，等待夕阳西下时，再坐骆驼感受一下便罢。但 Neje 坚持让我骑过去。

他说，骆驼主人也很不容易，我们坐久一点，算是多照顾一下他的生意。又说，这是主人养活自己全家的唯一生计……好吧，那就坐吧。

西斜的太阳，照着主人、骆驼和我，在这尚是半沙漠的沙地上投下长长的影子。骆驼慢悠悠地晃了10几分钟后，我们来到真正的沙漠。远处，是有着流线型动人曲线的一个个沙丘，在接近日落的阳光照射下，散发着金色柔光，透着苍凉的温柔。偶尔出现像我一样的游人身影，在广袤沙漠中显得如此渺小。

平沙莽莽黄入天。独在异乡为异客。

3

晚7点，营地停电。

整个沙漠陷入一片黑沉。心中窃喜，如此一来，可尽情观赏夜空了。可惜好景不长，未过10几分钟，灯又突然亮起，又来了电。我只好央求Neje驱车载我到沙漠腹地，远离这些讨厌的灯光，去看沙漠的星空。

车子缓缓驶入一片黑暗的未知世界。

沿着旧的车轮印，他小心翼翼地行驶着。待完全远离驻地后，我们拐进一小道。最后选定一处停了下来。熄灭车灯，顿时伸手不见五指。感觉茫茫天地间，只剩下自己。抬头仰望星空，霎那间便被震撼。一个巨大的苍穹，笼罩着大地。穹顶及穹壁，都是满天的繁星。或大或小，或亮或暗。银河带，像流动着的星河，也如此清晰地挂在那里。星星是那么密、那么闪，星罗棋布，像无数双孩子清澈明亮的眼睛，那么安静，又那么雀跃，集体向我眨着眼。或许，她们正在向我诉说，这千百年来星空与大地的古老传说。

已全然忘却一同前来的Neje，摸索着，在脚边一处沙地坐了下来。沉浸在这片灿烂绚丽的星空中，完全无法自已。

直到脖子开始酸痛，我便又找了处平坦些的沙地，躺了下来，全身心地交给这片星空。在这深黑中，亦不知Neje究竟在何处，大概也已深深陶醉其中了吧。若有睡袋与帐篷,在这沙漠中宿营一夜,大概是人生最美妙的事情之一。

就这样静躺了不知多久。沙漠的夜晚降温很快,凉意开始阵阵袭来,冷得让人开始打战,只得恋恋不舍地起身。

四围,是天空的静默。

我,却是我心的流浪者。

4

次日清晨,担心错过日出,不到5点便爬起身,穿上衣服出了门。

整个沙漠还在熟睡中。天上的星星,只依稀剩下了几颗最大最亮的。月亮挂在半空中,守护着这片大地,它旁边有一颗很亮的星星陪着它。此刻天空,既不是黑色,也不是灰白,而是极其深邃的蓝色。清晨的寒意,不断阵阵袭来。

紧了紧外套,向沙漠中走去。

穿过营地四周的半沙漠,还需再穿过一条马路,再往对面穿过另一片半沙漠,才能进入了真正的沙漠中。

途中,遇到背着书包的孩子,他们也已起早走在去上学的路上。孩子们一路打闹、嬉笑着,原本沉睡着的沙漠,似乎被这些稚嫩淘气的吵闹声从睡梦中惊醒。远处,开始有了人烟。对面那片毫无人烟的沙漠,看上去并不远,而此刻走起来,却似乎那么远,一直在远处。我加快脚步,朝着太阳即将升起的方向追赶。想在太阳露脸前,到达那片沙漠。

此时,东边的天际渐渐透出一丝金色,太阳就快要升起来了。

天空一片蔚蓝,没有一丝云彩,视野开阔无垠。太阳似乎要从地底下破土而出,金色的范围在慢慢扩大,突然冒出了一小块金黄。转眼间，小点儿变成了半圆，沙漠瞬间被染成金色。眼前的沙山高低起伏，柔美的曲线似沉睡的少女，美得让人不忍移动，似乎怕惊扰到她的美梦。

找了一小沙丘，席地而坐，尽情享受着大自然馈赠的这个美好清晨。

几分钟的时间，一轮朝阳已升腾在东方天空。光线也变得渐强渐亮。无数个"少女的胴体"，被展现在阳光下。太阳连忙给她们披上了金色的外套。这外套，从上到下有着一道道弯弯曲曲、平行排列像水波一样的沙纹，美丽极了。静静地坐着，陪在她们身旁，细细地感受着这一切。

直到这一个个"胴体"开始散发热气。这才起身，慢慢往回走去。

心满意足。此次沙漠之行，算是"功德圆满"了。

德里：塞翁失马，焉知非福

①

除夕之夜，人生第一个流落异乡的春节。

心中没有太多感伤，可能是内心已无比强大。从杰沙梅尔至德里（Delhi）的火车上，竟又偶遇曾在加尔各答客栈认识的S。下了车，便跟着她，来到A、H、L居住的客栈。客栈位于德里背包客集聚地大市场（main bazaar）。

如此偶遇，让我不禁开始思索并相信命运与缘分。虽看似虚幻，却是如此神奇。S与在旅途中结识的另一个中国姑娘相约，同过除夕。据说是那姑娘的一国内朋友在德里上班，现已回国过年。便将房子借给了她。她便邀请我们这群"流浪客"一起过除夕，同迎春节。

一行10人，均是路上的朋友。他们大都是北方人。于是，除夕活动便是包饺子。身为南方人，从未动手包过饺子，丝毫不清楚该如何和面、擀饺子皮儿、剁馅儿等。参与后，才明白那都是如此费力又艰难的体力活。七点便开始准备，眼看就要跨年了，饺子却还未能上桌。

包饺子过程中，最为艰难的起码有两项，我想。一是剁饺子馅儿。肉要剁的如此碎，甚需工夫。我尝试着想帮忙，但才剁了10来刀便手臂发酸发痛，很快便使不上劲儿了，只好作罢。二是揉面团。两个大男生，轮番揉搓拍打了至少一小时。他们称"这也仅算是勉强好"。我与A都是湖南人。在尝试了几轮帮忙后，发现是越帮越忙。后来，便只得袖手旁观。最后，在饺子终于开包后，便负责烧水、煮饺子、添水。

还有一南方姑娘 W 是福建人，蒸饺吃得多，所以亦是包饺子能手。其他几个北方人更是不消说。

最后，终于在当地时间 12 点（国内时间已是 2 点半）吃上了饺子。

②

居然误掉了德里至约旦的航班！

下午 6 点半的飞机，5 点半下地铁。接着，毫无忧患意识地来到航站楼，不急不缓地找到航空公司，准备排队换登机牌。直至一工作人员询问我。她听说了我的航班后，大吃一惊，喊了起来："你怎么还在这里排队？！"连忙把我扯去另一个柜台，询问是否还有希望。此柜台的工作人员，相当淡然地瞄了我一眼，冷冷说道："登机口早已关闭。"

愣了几秒，方才回过神，我居然误了飞机！

于是，又询问她是否还有何补救措施。又是冷冷地回答："没有。"身旁，立着一对父母与子女或是儿子媳妇，亦是误掉了同一航班。那位母亲当场失控，捂着脸失声哭了起来。一边抹眼泪，一边哑着嗓子与工作人员解释："好不容易攒足了这机票钱，如果错失了这趟航班，这辈子就没活头了……"并苦苦哀求工作人员帮她想想办法。那位父亲亦立在一旁，眼睑低垂，一直附和并重复着"please……"（求求你们）。

看着他们这痛哭流涕的场景，我才反应过来自己也正遭遇与他们一样的悲惨状况。

最后，工作人员将航空公司在德里的办公室地址给了我们，称："你们可以明天过去碰碰运气，或许可以返回一部分钱或重获一张机票。"叹息着准备离开航站楼，暗自嘲笑着自己今天的愚笨与粗心，不知接下来该如何是好。

身后，似有人与我搭话。扭头一看，是那四口之家中的女儿或媳妇。她用那哭花了眼线的熊猫眼可怜兮兮地望着我："你准备怎么办？"苦笑着回答她:"我也不知道怎么办,大概明天去他们办公室看能否返一点钱吧。"她马上接口道:"他们是不会返任何钱的。"说完这话,她眼泪又要掉下来。只好劝她:"不要哭了啦,不返就不返嘛……"她又开始"声泪俱下":"我们好不容易攒足了20多万卢比,买了一家四口去美国的机票,从约旦中转,若航空公司不返钱的话,那就全都打了水漂……"啊,听上去确实损失相当惨重啊……经由她一衬托,顿时又觉得自己似乎不那么悲惨了。

下午从旅社出发时,心想这剩下的几百卢比是再也用不上了,便特意将其花了个精光,所以已身无分文。一起过年的同胞们大都已离开德里继续他们的旅程,于是想到 Deepu。克久拉霍沙发主的朋友,他如今亦在德里。临走前还特意请他吃饭道别。落魄地从机场出来后,试探性地与他通了电话。听了我的遭遇,他极富同情心地说"OK,马上过来接你"。

在地铁出口,坐等了一个多小时。他满头大汗地出现在眼前,气喘吁吁。顿时感觉,一股暖流从心底缓缓流过。这就是被雪中送炭的感觉啊。

雪中送炭,远比锦上添花更美好,也更难得。谢谢你。

③

拿着机场工作人员昨天给的地址,来到阿拉伯航空公司。

它坐落在一栋气派的写字楼的三楼。进入办公大厅,坐了五六个人。取了个号,不到两分钟,便轮到了我。接待我的是个高个子胖女人,面无表情地接过我的机票确认单。几秒后递回予我,依旧面无表情,并冷冰冰道:"我们不能退任何钱,你回吧。"在柜台处沉默了几秒,却不知该说些什么。这事,确实是自己的错,无可辩驳。沮丧地走出办公室,放弃电梯顺着楼梯跑出大楼,对自己昨日的稀里糊涂再次深深自责起来。

漫无目的在街上走着，异常心灰意冷。

发现一处较奇怪的建筑。比旁边楼房高，但似乎并非居民楼亦非商铺，单独矗立着，无门窗。顶上有一天台，上面竖立着十几根柱子，漆成淡绿色。我便顺楼梯而上，在天台呆呆地坐了下来。没坐两分钟，一保安人员站在楼下大喊，朝我挥手，示意我下去。没有理会他，将目光转向别处，心想："本姑娘现在烦躁得很，不想理你。"他见我无视他，几分钟后便又叫了另外几个保安人员一起上了来。说什么"游人禁上此楼"。

他们在一旁叽里呱啦，我全然忽略，只顾沉浸在那悲伤与自责中，手中捏着已作废的机票，不予他们任何回应。他们围着我说了几分钟后，见我没有一丝反应，便将我手中的纸抽了过去。研究了几分钟，似乎搞明白"这是一张已过期的机票"。再看看我悲伤的神情，他们似乎更有些明白了，便又产生了怜悯之心，开始安慰我。

沐浴在他们投来的同情目光中，再加上心里蕴藏已久的低落情绪，瞬间鼻子一酸，眼里突然溢满泪水，随后竟忍不住默默流下眼泪来。最后，居然演变成失声痛哭。泪水如开了闸的堤，全然失控。

我似乎，要把这些年、这些天、这些人、这些事，全给哭上一通。

他们见状后，完全慌了神。手足无措地立在一旁，不知如何是好。我颤着嗓音，哽咽地回过头安慰他们："我还好，只是需要在这里独自静坐一会儿，可以吗？"其中有位女保安，似是被我激起了心底的无限母爱，她摸摸我的头，又轻抚我的肩，万分同情地把我看着。再后来，发现又多来了一些人，他们将我团团围住。哭过后，突然意识到此刻的自己似乎很可笑，于是开始又哭又笑。他们被我的疯癫状况完全吓坏了，我想。

又过了几分钟，他们将我拉去了楼下的办公室。

那女保安，拉扶着我的手，将我带到她办公桌前，让我坐下，又叫人搬来一把椅子，她也在旁边坐定。她关切地问我饿不饿，随后又叫人端来奶茶、曲奇等。此刻，我已完全平静了下来，开始与他们解释事情原委。

其实，我明白这完全是自己的失误所致，怨不得任何他人。只是自己反应迟钝，昨天在机场时那么平静，甚至还可以劝慰旁人，大概是没反应过来而已。若刚在楼顶时，没有他们来劝慰我，留些时间让我自己静一静的话，可能亦不会出现如此丢人的场面。

倾诉完事情的来龙去脉后，心情似乎舒畅了不少。最末，他们又派人送我去了地铁站，并帮我买好票，看着我进入安检口，才放心地转身离去。隔着票闸口与他们挥手再见，目送他们一高一矮的身影消失在转角，心中不禁再次暗笑自己的脆弱与幼稚，同时感慨一路上不经意间捡拾到的这些人间温暖。

约旦去不成了，那就直接去埃及吧。我想。

于是，今日又来到埃及大使馆，想申请埃及签证。填了些表格，贴上照片，并写了一封信解释为何要去埃及。提交后，工作人员告知我，"至少需10天才能予你答复可否出签"。而此时，我的印度签只剩6天便到期。再次受挫，只好尝试去中国大使馆看可否将签证延签。

走了大半天的路，终于看到亲切的中文标识。可惜是大使馆的后门，于是又绕去前门。此区域，全是各使馆相邻。其他国家的使馆大都是一扇门，一个院子。只有中国大使馆，占地广阔，还设了好几扇大门。

来到前门，居然关门。原来，他们还在春节假期。再一次受挫，气馁地瘫坐在使馆门前，不想再挪动一步。门口，两巡逻警察正将他们自带的午餐摆在车头上，准备开餐。见我独自坐着，神情黯然，居然热情地招呼我过去与他们一起用餐。我正好又累、又渴、又失望，便毫不客气地加入他们，吃了起来。心里却又急又躁，不知接下来该如何是好。

吃完两个印度烙饼，我有了主意：去网上查询德里至非洲各地的机票，再看哪个国家可以直接办理落地签入境，综合二者，先找一个国家去了再说吧。

如此，便订了几日后德里飞亚的斯亚贝巴（埃塞俄比亚城市）的机票。心里终是坦然了。误机以来，头一回感觉如此轻松又安心。这回，要是再误了飞机，你就直接回国吧。气恨地对自己说。

4

误机那日，从机场折回后，随 Deepu 来到他朋友 Herm 家。

于是，Herm 便成了我德里的沙发主，他们一家人同住在印度一典型的平民大宅院中。这个院落里，大概住了五六户人家，他们多是亲戚。房子是被漆得五颜六色的平房，围成一大宅院，共用水池、洗衣场地等。

院子虽小，但彼此照应，礼尚往来。有事没事时便在家门口各自闲话唠家常，一派热闹平和气象。

家中所有男子每日都早出晚归，为忙碌的上班族或上学族，大多时候便只剩我与阿妈在家。每日，不论早晚，阿妈总是热心关切地用她仅会的几个英语单词配上丰富的表情与手势问我：你喝不喝茶、吃不吃饭、要不要烙饼、烙饼想配什么菜吃，等等。吃的时候，她便在一旁看着，并不断关切地询问：好不好吃、要不要再来点儿。吃完后，便问：吃饱了吗、要不要再来些甜点之类。

住了几日，阿妈不再把我当外人，偶尔开起玩笑来。

早上，我若睡到九点才起，她便假装生气，做出生气的表情瞪着我，而眼神中又忍不住夹杂着笑意，嘴里配上我听不懂的印地语，让人如此忍俊不禁。后来，我也开始履行作为家中一分子的义务。整理床铺、清扫地毯、抹桌子、刮土豆、择青菜、洗碗等。于是，每逢邻里亲友来家中串门时，阿妈便向他们夸耀我"如何如何勤快能干"。他们便笑着揶揄她"那你就干脆把她留在家中做媳妇好了"。这个时候，她便像孩子般仰天哈哈大笑，而后，故作正经地翻出几个儿子的照片，示意我随便挑。这时，我便也恶作剧地指着她尚还在读高中的小儿子，说"要我选的话就选这个"。此时，他们听了更是拍手大笑起来。

因错过航班，才得以结识这些人。塞翁失马，焉知非福。

印度新婚：相见不知何月日

1

这些天，院子里有一户人家的儿子结婚。从最初的筹备工作到婚礼的举行，阿妈都带着我忙前忙后，让我见识了一场真正的本地新婚。

随着婚礼的临近，大家忙着准备食物、衣服、大扫除等。院落里的每个身影都变得异常忙碌起来。

正式婚礼举行前，先由新郎这边组织婚宴。婚宴在一专为婚礼租用的场地举行，那是一约半个足球场大小的坪地，那里搭建着一个大帐篷，地上铺着红地毯。内圈摆着圆形转盘桌椅，外圈摆放着各式各样的小吃。有些是厨师根据客人随点随做，有些是已备好的熟食，还有各种水果沙拉，自行取用，如自助餐。几乎涵盖了来印度后见到的所有家常食品与街边小吃。棚内一角，搭了一小舞台，台上摆放着大音响，正放着震耳的音乐，男女老少正随着音乐热烈起舞。近入口处，空了一块地儿，是今晚仪式举行的地方。

仪式开始，新郎与新娘的兄长相对跪坐，旁边坐着一位大师。新娘今晚不会到场，由其兄长与新郎在大师的指导下行使仪式。地上，摆满了类似聘礼一样的各类礼物，从生活用品到水果食物，应有尽有，由新娘兄长带来。大师身后的红毯上，坐满了新郎这边的女性亲友团。阿妈带着我跪坐其中。大师开始一边念念有词，一边用右手食指蘸了些"圣水"，分别点洒在新郎与新娘兄长的额头及身上。几分钟后，与我同坐的女人们开始低声吟唱古老的印度歌曲。

　　仪式持续了约一个小时。结束后，所有人开始选吃各样食物，观看人群跳舞。回家时已是午夜。

2

　　几日后的晚上，在新娘家举行正式婚礼。

　　这次，终是要见到新娘的"庐山真面目"了。

　　首先，新郎从家中出发。他身骑白马，身后跟随的小皮卡挂了一圈专用的小彩灯，由随车携带的小型发电机供电。白马前方，由锣鼓队敲锣打鼓开路。男女老少，跟随乐队，当街热舞。路上行人，或围观或参与舞蹈。队伍，像雪团一样越滚越大。就这样，一路舞到了新娘家租来的结婚场地，这是一比前几天更大的场地。食物也丰富了。场面，也似乎更多添了些热闹与喜庆。

　　等至晚上11点，众人期待的结婚仪式终于拉开帷幕。

　　新娘，身着红沙丽，罩着红丝巾出现在红地毯的尽头。头顶一块儿由其弟妹或朋友等回人各拉一角的方巾，罩着她缓缓而来。新郎，已经站在红毯尽头的台上等待她。这一群人，将她缓缓送至台前。新郎伸手将她轻拉上台。台上无人主持，全是亲戚朋友在台下簇拥喊叫。

　　首先，由新娘尝试将一个大鲜花项圈套上新郎的脖子，但新郎要试图躲避。由于新娘比较瘦小，新郎比较高大，于是她踮起脚尖尝试了好几次都未能套上，到第四次时，新郎大概不忍继续为难她，便伸着脖子让她套上了。而后，是反过来由新郎给新娘套。他占据身高优势，便不费吹灰之力就将花环套上了新娘脖子。台下众人呐喊声、口哨声响成一片。

　　一同前来的Deepu给我解释，现在的印度社会，常见的有两种婚姻。一种是自由恋爱结婚，另一种是指婚。若到了一定年纪，还无合适对象，家中祖父母或父母便会为他或她物色合适人选。与国内不同的是，他们没有"相亲见面、尝试交往"此等漫长过程。在这里，若双方身家条件匹配，便由长辈择日成婚。

今日这对，便是第二类婚姻。与新娘熟络一些后，我试探着问她："如若婚后与他培养感情失败，导致不幸福的婚姻，那你会责怪或埋怨当初帮自己挑选结婚对象的长辈吗？"没想到，她既不犹豫、也不含糊地回答："不会。婚姻是靠自己经营的，幸福与否，更大程度上在于自己。如果万一不幸福，那就是自己的命。"

听得她如此笃定又豁然的答复，心中甚是惊叹。

"幸福的家庭都是相似的，不幸的家庭各有各的不幸。"托尔斯泰如是说。

此话或可理解为：幸福的婚姻可能有着相似的幸福因子，而可导致婚姻不幸的，却有千百种因素。结婚，不啻是把爱情放到琐碎平凡的日常生活中去经受考验。

我想，新娘有如此心态，一定会幸福的。

③

当晚，从婚宴回来后，院里的一群女人居然在家中自导自演了一场话剧。

故事梗概如下：一对夫妇，从新婚到怀孕生子，期间遭遇了许多家庭变故。但不管生活如何苦累，这对夫妇一直相亲相爱、不离不弃。

原来，她们是在用此话剧表达自己对新婚夫妇的最美好祝愿与期盼。话剧中，所有角色均只可由女人扮演。"男主角"是院子里一位特别搞笑的大姐。她化着很夸张的男人妆：脸上涂着又黑又粗的大胡子，肚子上绑着枕头表示男人的啤酒肚。当她以此造型出现在我们面前时，所有人被她逗得前俯后仰。我更是差点笑岔了气。

离开前一日，新郎家的一群人与新婚夫妇回了老家。称是回那边一寺庙去完成婚礼最后一个仪式：一起将各自的手印印到一寺庙墙上，让神灵也来见证这一神圣的结合。

临走前，他们郑重其事地对我说："以后你结婚时，在中国举行完婚礼后一定要回到这里，我们再给你组织一场当地特色的婚礼，我们所有人都会来参加！"

尽管相处只有短短几日，却有幸得他们待我如院子里其他儿女一般的真心。

只是，天长地久不有时，相见不知何月日。

离别之愁，又上心头。

4

明日，德里至亚的斯亚贝巴。非洲之旅，终将启程。

最末一晚，阿妈的大女儿准备回自己家。她是特意回娘家来参加婚礼的。如今婚礼结束，便该回家了。她家在离德里不远的一个小市。但由于她"拖包带娃"，且行李较多，阿妈便让我与 Deepu 一道送她回家。一路上，"突突"车颠簸得极厉害。在她家玩了一小时后，猛然意识到手机已不在口袋中。

心情缓缓地变化着。最开始心存侥幸，心想可能放在家中没带出来吧。随后，告诉自己要做好心里准备，可能真的被弄丢了。这些天的运气似乎不大好。脑海中，两个小人又开始打架。一个开导自己"丢了算了，旧的不去新的不来"；另一个又不断希望"这不是真的"。

大脑一片忙乱。大姐见我坐立难安，便催促我赶紧回家找手机。于是又忙坐车返回。翻遍了可能的地方，发现确实不在了，真的丢了。全家人也沮丧地用怜悯的神情望着我，并开始探讨"到底是在哪里弄丢的"。心中烦乱，独自走到外面街道上，席地而坐，望着过往的车辆与行人，心中感慨万千。

不久前，仰天大笑出门去。此刻，便做春江都是泪。

生活，就是如此无常。

人生亦如此。

⑤

次日清晨，Deepu 与 Herm 送我到机场，告别。

"谢谢你们……"

"你还会再来吗？"

"会。"

"你发誓？"

"我发誓。"

"那保重。再会。"

"照顾好所有人。再会。"

非洲篇

埃塞俄比亚：山长水阔知何处

1

踏出国门的第 130 天。

上午 9 点，德里起飞。

目的地，亚的斯亚贝巴（Addis Ababa）。途经中东国家卡塔尔，等待转机。

多哈时间，晚上 10 点多，终于再次起飞。俯瞰脚下这座城，因位于沙漠，毫无起伏的地势，无湖泊与河流，夜色极其特别。街道上来往车辆的车灯、街道两旁的路灯、尚未打烊的店铺灯，似无其他城市一样闪烁的霓虹灯，全呈现为一团橘色。而房屋似是淡金色，整座城市浸在一片暖黄中，由一条条纵横交错的大道小道分割成一个个不规则的形状，漂亮极了。与以往看到的城市夜空，如此与众不同。

东非时间凌晨 1 点多，飞机缓缓降落在埃塞俄比亚首都机场。

平日里，一提到非洲，大多数人的脑海中出现的似乎是极多的消极词汇：艾滋、疟疾、埃博拉、贫穷、野蛮、荒芜、暴热、战乱、恐怖袭击等，而我却不知何缘故，自高中上地理课时便迷恋上非洲，甚至有些魂牵梦绕。

此刻，在这样的夜晚，当我独自一人踏上这片沉睡的土地时，相伴的似乎更多是恐慌与惧怕。原本想从约旦入埃及，再南下至东非。总觉得那样至少有个入非洲的心理过渡期，如今，因为误机一事，我却被迫一脚便踏了进来。好比一垂涎已久之物，未经漫长的争取与等待，突然在不经意间便被送至眼前，有些春风得意，更有些措手不及。

在机场，顺利拿到为期3个月的落地签证。取行李，入大厅，发现Raffe已在等候。

Raffe，我的亚的斯亚贝巴沙发主，依旧根据一贯"筛选"规则（既有一些好评又与家人同住）而选。

不到半小时的车程，来到一院门前。高高的围栏，把里面遮了个严实。进门，才得以看清这是一幢单层独立房屋。他已为我备好一小房间，里面摆着一上下铺。原来，这是他与他弟弟的卧室，如今让给了我。他们兄弟俩则在客厅打地铺睡沙发。我跟他说，其实，我完全不介意自己睡沙发，因为本身便是"沙发客"嘛。但他俩坚持睡外面，于是不再争让。另一间卧室则是他父母睡。因今早天未亮便起床赶飞机，再加上时差变化，已疲惫不堪。没有过多交谈，简单洗漱了一下便各自睡去。

2

次日起床，发现屋里只剩Raffe一人在客厅看电视。

交谈后得知，他在市中心周边经营着一家电脑与语言培训中心。除周日下午，他每天都有课，教计算机。他说现在我可选择继续在家看电视休息，或与他出门。自然是与他出门。

从住处到他工作处并无直达车，且无公交站与站牌之类。公交车便是十二人座的面包车，随喊随停。售票人员，与印度一样，从车窗内探出半个身子，一手拍着车身铁皮，一边朝等车的乘客喊话："去哪里？去哪里？"，且用的是阿姆哈拉语。于是，独自乘坐公交车出门，成了一大挑战。

接下来几日，若要出门，便只能跟随他早上出门，在他上班的周围转转。晚上，则得等他下班后，把我带回来。若他下班早，我们便乘车去市中心。一方面，作为沙发客，我很难为情，因为占据了沙发主太多私人时间；另一方面，作为不远千里来到非洲的"女侠"，却无独自乘坐公交车的勇气，着实有些说不过去。

等再熟悉一些了，一定得自己出门。在心中暗自嘀咕。

亚的斯的街上，许多地方都在修建，或公路，或火车轨道，或房屋，或桥梁，几乎到处是"在建状态"。路两边，简陋低矮昏暗的房屋，加上车来车往扬起的漫天灰尘，若再碰上中午那炙热的阳光与高温，很让人疲惫丧气。

其实，我神往的非洲，应该是原始的村落、古老的石屋、狂野的草原，而非眼前这样杂乱不堪一心奔向现代化的城市。Raffe 说，要看这些，那就去北部埃塞俄比亚。

于是，决定下周去北边。

3

来到肯尼亚大使馆，申请肯尼亚签证。

其实，在埃塞俄比亚与肯尼亚的边境处亦可当场申请。但我担心过境时申请的人多，需多等一些时日，便未雨绸缪般提前申请好。冷清的大使馆除我之外无其他访客。填表格、交照片、缴纳费用，末了，工作人员说两天后即可取，有效期 3 个月。Raffe 今日不必赶回去上课，我们便在街头转了转。

市中心有一大集市，墨卡托（Mercato）。既是埃塞俄比亚的中央集市，亦是非洲最大的自由集市。

路边连着一个个低矮棚子为门面，铁皮屋顶。集市商品，有谷物、香料、咖啡、棉花、盐、衣服、珠宝等，应有尽有，尤其多珠宝店。店内摆挂着诸多金色首饰，便宜又好看，样式繁多。走了几个小时，Raffe 称我们看到的尚只是"冰山一角"。

他说，此地约有 1.5 万个商铺，10 几间百货店，两个大型室内市场。

方圆延伸了几英里，是一极为庞大的居民与商业区。集市只在白天开放。最繁忙时，可吸引二三十万流动人口。走着，路过几间卖枪的店。Raffe 说，在这里可买到枪和传统武器。若想买枪支，带上有效身份证件、警察局开具的无犯罪记录证明，便可合法购买。购买后再办上"持枪证"，便成了枪支的合法持有人。

终是走累了，我们进入一餐厅。他自是又点了英吉拉。

英吉拉（Injera），为此地主食，由当地一种特殊农作物画眉草制作而成。将磨好的画眉草粉，加水和稀，在阴凉处放置几天，待其充分发酵，然后烙成一张张大饼，便成英吉拉。与各种蔬菜、肉类、酱汁一起食用。

由于经过了发酵，所以有些发酸。第一次入口时，顿觉难以下咽。我虽"不屈不挠"地坚持再试了几次，终究还是难以适应。但 Raffe 及其他当地人则爱死了此食物，他们可以早、中、晚每日连续享用。他解释，埃塞俄比亚位于高原，土壤多为风化了的火山岩，若长期饮用此类水，易患结石病等，但若每日吃英吉拉，人们便很少会患上此病。

世间万物，相生相克，实属神奇。

④

下午，独自在小镇街头漫无目的地行走。

遇见 Tom 前来搭讪，一本地小伙子。他说，自己正准备去找朋友踢足球。我则指了指不远处的山，说："我只是想去那边随意走走。"他说他朋友正好也住在那边村庄里，于是同路。山看似不远，但走了半个多小时山却依然在远处。

寂静的村庄，三三两两的村民，闲坐树下，或相互交谈，或闭目养神。小孩子遇见我后，或站定围观，或羞怯招呼。随后，来到一处当地常见的小院落。Tom 说这是他家。院落不大，却种满花草，一派鸟语花香。一栋单层的小房屋，落于那花草间。进屋，客厅摆着沙发、小茶几、小黑白电视机、古老的放碟机，里面正放着节奏感很强的当地音乐。

屋子的正墙上，挂着他们三兄妹身穿学士服的合影。尽管他们并非一起毕业，亦并非同一所学校毕业，但他们都穿着同样的学士服合了影。他说这是在他妹妹毕业那天一起照的。在 Raffe 家中，也摆着他与他弟弟穿同样学士服的合影。Raffe 曾跟我解释，家中孩子一起照学士服照，是这里的传统。另一面墙上，挂着天主教信奉的耶稣像、十字架图，及天主教徒的婚姻戒律。

坐了一会儿，Tom 翻出他的相册，大都是他与哥哥妹妹及弟弟小时候的照片。许多都已模糊不清，似是年代久远，但全都小心爱惜地保存着。有些相片背面，写满了阿姆哈拉语，他称是"纪念着相片拍摄时间与事件梗概"。

随意翻到一张他小时候的，背面又写了些文字与数字，看到"1978"几个阿拉伯数字。他解释说自己生于 1978 年。大吃一惊，心中咋呼："那他岂不是三十六七了？！可他看着才 20 几岁的样子啊！"脑海中疑惑重重，心里开始打鼓："我的天啊，他居然快 40 岁了，却还未婚，且与父母同住，该不是精神有问题……"可盯住他左看右看，察觉不出任何异常。实在是憋不住，便委婉地向他发问了。

"在你们国家，当今的年轻人通常都什么时候结婚呢？"

"有的早，有的晚。男的最迟也就在 30 岁左右结婚吧。"

"那你……"

"我今年 28，也是准备结婚了。"

"你 28 ？！不是 1978 年生的吗？"

"哦，那是我们的日历！根据埃塞俄比亚的日历，现在才 2006 年 3 月呢！"

恍然大悟，原来如此！顿时恨怪自己见识短浅，来之前也没做任何了解，差点就要闹出个大笑话了。随后，他告诉我，他们的计时方式亦是独有一套。下午 6 点，便是新的一天开始了，所以晚上 7 点他们便称为早上 1 点。早上 6 点便是他们的午夜 12 点。难怪之前某天下午四点多时，我与当地人核对时间，结果得到的答案是晚上 10 点，我被弄得晕头转向，甚至严重怀疑起自己的听力。

天地间，山长水阔，竟是如此不同。

5

从 Tom 家出来，往回走。

马路对边，迎面走来一亚洲长相的中年男人。

他亦注意到了我，并与我对视了几秒。他探着头，隔着马路喊起了中文："诶，中国人吗？"天咧！还真的是同胞。已很长一段时间说不上中文的我，顿时激动起来。

一阵寒暄过后，他说自己就住在附近，我便好奇地跟着他来到了他的住处。他在此工作，与同事们住在一栋二层楼房里。这里共住着 5 位同胞，均是男性，且全来自甘肃。在这边一家制糖厂上班，分别做翻译、会计或技术人员等工作。他们听说我在此独自旅行，且还是借住在当地人家中后，全都瞪大眼睛，直呼"太不可思议了"。本又想与他们掏出"这个世界的坏人真的没有我们想象的那么多"云云的理论，但想想还是作罢。从进入印度以来，每当与同胞说起"我借住在当地人家中"时，大多都是如此反应。我已逐渐习惯。

从聊天中得知了驻外工作的辛苦。无周末，一年中极少有休息日。工作满一年后，还不一定能按时回国休假，永远以工作为主。有时一待便是一年半，还有人两年甚至多年都回不了家。平日里，晚上想外出娱乐一下，都找不到好去处。

听他们说起这些，我愣愣地不知作何回应。

一群血气方刚的年轻男子，为了生计，被"困"在这样一处闭塞之地。伴随他们的只有无止境的寂寞与愁苦。

不知不觉，天色渐黑。已近 6 点。

他们热情地喊我留下同吃晚饭，称是自制的牛肉拉面。一听拉面，便已垂涎三尺。别说拉面，自打出了国门，连个普通的挂面都没见着过。于是，毫不客气地来了一大盆。

　　吃毕，他们说可以腾出一房间来借我暂住，问我要不要搬过来。心中顿满感激。但转念一想，他们每日忙忙碌碌，且出行都是用公司的车，对本地交通亦不大了解。我若搬来，不管去哪里都得麻烦他们接送，那该给他们增添多大的负担啊。又想到自己即将动身去北部，于是婉拒了他们的一片好意。

　　同是天涯沦落人。愿你们自由快乐。

亚的斯亚贝巴：街头险遇

①

今日，决定独自出门取签证。

这些天跟随 Raffe 出门了许多次，终是感觉不再那么恐惧了。起床，发现 Raffe 妈妈在煮咖啡。她自豪地同我说：埃塞俄比亚作为咖啡的发源地，大多数人家所喝咖啡均是自己从市场买来咖啡豆，自己炒熟，磨成粉。若逢不上班的日子，她亦会一日煮三次咖啡。若家中有客，需给客人续三杯，以表热烈欢迎及美好祝愿。

喝完咖啡，出门时已近 11 点。来到平日里与 Raffe 等车之地。每来一辆面包车，便冲上去将 Raffe 给我写的地址递给半个身子伸在车外的售票员看。来了一辆又一辆。售票人员都是看了纸条后直摇头，开走。等了半小时，终是上了辆对的车。来到市中心，已是 12 点半。而大使馆要下午 2 点半才开门，于是决定边走边看。

一边走，一边东张西望。

突然耳边传来一句："你在找什么呢？我们可以帮你吗？"扭头一看，是一高个子黑人在与我说话。他们一行 3 人，两个偏高，一个偏矮。本不想这么早问路，但看着这一双双"关切"的眼睛，我不好意思地笑了笑，从包中掏出地址。他们仨看了后，兴奋地说："我们正好也要去那边，那你跟着我们一起吧。"

于是，由孤身一人变成了 4 人的队伍。

2

路上，他们仨都对我非常"照顾有加"。

过马路时，亦一直把我放在中间围着、护着。他们说，中国人在这里帮他们修了很多路、桥、房子等，所以他们非常喜欢并欢迎中国人。

其中一高个，尤其油腔滑调。他说自己是一货车司机，每周都在北部埃塞俄比亚、亚的斯亚贝巴、南埃塞俄比亚之间来回跑。有时，会出境到苏丹、肯尼亚等周边国家，为公司运输一些产品。他骄傲地称自己的工作为"开着卡车旅行"。

另外两人，说是亚的斯大学的大四学生。一个学历史，一个学法律。他们是老乡兼朋友，现正值暑假时间，便约了一起聚聚。

中午的太阳越来越烈，我开始有些头晕目眩。

就在我几乎快要放弃走路时，则发现已经来到大使馆对面。此时是一点半，离开门还有半小时。又渴又累，便提议去吃中饭，他们仨也附和着。进了路边一普通餐厅，厅内仅有的几张小桌都已围坐着人。我们挤了挤，勉强在一处小桌边坐了下来。扫视了一下旁桌，发现有人用英吉拉配意大利面，正吃得津津有味儿。我们也点了英吉拉。

一巨大的盘子，将4人吃的食物全都装在一起！一张堪称"硕大无比"的英吉拉垫底，上面盖了一些最常见的绿豆熬成的酱，还有一些大利面，及一些蔬菜，另外还有一些红色与橙色的薯条状物（他们称是染了色的土豆）。最后还配了两个大面包。洗了洗手，开始抓食。味道与往常差不多，依旧有些酸。他们开始狼吞虎咽。

不到10分钟，解决完毕。他们仨摸着肚子，一副心满意足的神情。准备结账。我主动说道："我的钱不用你们出，大家平摊就好。"结果他们异口同声道："我们没带钱"。卡车司机手中拿着一张卡，假装要去取钱。我忙说："没关系，那我先付好了。你取了钱还我便是。"大概正中他们下怀，嬉笑着说"你人真好"。看着他们仨有些奇怪的讪笑，突然闪过一丝疑虑。

走出餐厅，正好2点半。

我说:"你们不是来这边也有事吗？你们去忙吧。"未料，他们答:"现在已经有点儿晚了，我们准备明天再去，今天就负责当你的向导好了。"心中愈加纳闷儿。难道他们是街头骗吃骗喝、游手好闲之辈……那今日就陪玩到底，看看你们"葫芦里卖的什么药"。又或者，是我多虑了。

进大使馆，顺利取到贴了签证的护照。

3

太阳似乎更加火辣，头顶像要着火。

不愿再走路回去。于是给他们买了车票，一起回到上午相遇之地。又是极热极渴。卡车司机说，"外面实在太热，我们歇歇再送你去坐车"。于是，跟着他们又进了街边一小铺，这是家喝茶、嚼树叶、玩纸牌的小店。

后来得知，此种树叶富含可卡因（cocaine），嚼了一定量后可使人大脑变得亢奋，进入兴奋起来的状态。在这里，很少见人吸烟，但街头随处可见卖此种树叶的小摊儿，一小撮一小撮地售卖。

落座。卡车司机与老板要了四袋新鲜树叶（与刚摘下来的茶叶尖有些像）、几小袋花生米及一些茶水。他们示范我怎么吃：取一叶尖儿，包上花生米粒，塞入嘴中，充分咀嚼，吞食，再以茶水清口。他说，这是每个当地人消磨时光的极好之物。如他所教，我试了试。树叶的味道，有些苦而涩，但配上花生米后似乎也并非那么难以下咽。

4人围成一团，开始玩游戏。两人一组，各选一奇一偶，然后各用一只或两只手出一个数，两个人的数再加起来，看是奇是偶。哪一组与当初的选的数相匹配，就算哪组赢。玩了几盘，又开始玩脑筋急转弯。4人玩得不亦乐乎，我也似已"乐不思蜀"。所有人，似乎开始进入兴奋的状态。

1个半小时过去了。

感觉头部开始有些昏沉。已是5点多,外面的太阳逐渐变得温和。站起身,说"我想回去了"。于是又到了结账时间。果不其然,他们又将目光转向了我。原本便没带多少现金出门,付了4人的饭钱后,此刻已只剩下几十块。

"我也没钱了,那咱们去取钱吧。"

他们一听说我要取钱,便忙说好。留下两个在店里等,卡车司机与我去找取款机。我取钱是假,想让他取钱才是真。走到自动取款机边。他手一挥:"你去取吧。"

于是,走到取款机前,假装对着包翻了一阵。随后,转过来丧着脸告诉他:"我卡忘带了!"他眼里飘过一阵失望。我接着说:"哎,那你来取吧。"他支支吾吾道:"我这张卡在这里取不到钱,只有在开户行才能取,但那个银行还在很远的地方。"心里猜测,难道你们仨假装与我同路,然后又如此"不辞辛苦"地跟住我不放,仅是想寻一埋单的傻子游客吗?!

想到这点,气不打一处来。但还不能撕破脸。

④

我俩垂头丧气地回了小店,我先开口了,"我忘了带卡,他说他的卡在这里取不到钱,你们说怎么办?"

他们仨,面面相觑了几秒,用阿姆哈拉语开始交谈。仗着我听不懂,也许是在商量下一步。交谈完了,他们问,"那你打算怎么办?"

"你们问我?我一外国人在这里能怎么办?你们在这生活了20几年都没有办法?"我没好气地反问他们。

他们开始解释。但大多时候,都是卡车司机在说话。"他们俩是学生,现在放假了,家里就没给生活费了,所以身上没钱。而我是昨天晚上才回到亚的斯,本来今天碰了面后是要取钱的,但碰上你后就没取成钱，身上仅有的几块钱刚刚在路上买了烟。"

在途中，他确实买过几根烟。尽管我对他们已经毫无信任，但对于这样的解释，竟亦不知该如何反驳。想了想，只好说："好吧，那现在就只有一个办法了，你去你所说的银行取钱吧，我们在这等你。"

他却说没有车费，我又开始上火。"你刚刚不是一路上都在跟人打招呼，说这个是你朋友、那个也是你朋友吗？去找他们借了车费取了钱，回来再还给他们啊。"

"我才不想像个乞丐一样去找人要这几比尔。"

听他这么一说，我更来火了，朝他吼道："你身上一个子儿都没有，那你带着我们在这里吃吃喝喝干什么！？"

他见我如此激动，便没回话。安静了10几秒，他又来了个主意。"你不是有手机有护照吗，随便放一样东西在店铺押着，老板就会相信我们，支给我们一些车费了。"

还真是"蹬鼻子上脸"了，欺人太甚！"我才不押！凭什么要我押！你自己想办法！"

说完我便往外走，来到街上。他紧跟身后，开始露出真面目，朝我怒喊道："你身上不可能没钱了！你不要把我们当傻子！"

我心想，反正已经撕破脸了，那就撕得更彻底一些吧："老实说吧，我确实还有一些钱。但，我就是不付！"

他也开始彻底暴露："你不就出了个饭钱么，才100多块，那算什么？我们现在这里要付好几百块呢，就算是我们平摊，你也还得掏钱才行啊！"

我一听，居然几片树叶就要几百块，又要上火了。"怎么可能这么贵！就几袋破树叶加几粒花生米！我前几天在街边看到过也就卖几比尔！"

其实我也没买过，只是根据当地消费水平猜的。他沉下脸来，竟摸着胸口道："我是天主教徒，我从来不骗人的。这是进口的叶子，所以很贵。"

不知他是否真的如此虔诚。但既然把上帝搬出来了，我也不敢贸然亵渎他的神。虽然心中还是无法相信他，却立在原地，不知如何是好。

心中无奈又惆怅，看着旁边很少说话的二人，又看了看这气焰嚣张的卡车司机，心想：看来自己今日是真摊上了难缠的主儿。也许，他们在街头已欺诈过不少游客。一想到此，二话不说，我又开始头也不回地往前走。"本姑娘今天还就是不埋这个单了，看你们把我怎么着！"心中满是气恨。

正值下班高峰期，街上人来人往。

5

几分钟不到，他们追了上来。

卡车司机又道："我没办法，只好叫那两个朋友把自己的学生证押在店里了，要付了钱才能拿回来。"我依然往前走，没再搭话，更不愿再思索与猜测他的话是真是假。他们在后面紧跟。走着走着，突然看到前面不远处有一警察执勤亭。心里有了个主意，站定。

"不管怎样，我现在已经不相信你们所说的任何话了。我想，我们去那边找警察帮我们评一下理吧！"

一听到警察局，他脸上的神情似乎呆滞了两秒，但随后，立刻气愤且恶狠狠地回道：

"去啊，你去啊，我还怕你不成！"

此时，一直在旁边观战的两人，又用阿姆哈拉语与他交谈起来。接着，那较矮小的将我扯到一边，开始劝说：

"嘿，你快回去吧，钱也不用你付了，你去那边坐车吧。"

或许，此人真的是学生。看上去，他完全不如卡车司机那么嚣张。此时，太阳已快要下山。心想，若真去了警察局，还不知将如何收场呢。我也只是随口说说试一下而已，没想到如此奏效。但若天黑了再回家，那可就真糟了。若非当初自己太易相信人，留给他们可乘之机，也不会出此闹剧。所以自己也有错，还是快快离开吧。末了，又回过头对那卡车司机喊道：

"真得感谢你，今天让我重新认识了埃塞俄比亚人！我也懒得跟你计较了，但拜托你以后不要把外国游客当傻子欺负！"

说完，便忙转身往公交车站走去。心中却是在打鼓：他该不会追上来给我一顿打吧……随后，只听见他在后面恶狠狠道："下地狱去吧！"

"× 你大爷的！"我在心中回骂。

原谅我爆粗口吧，阿门。

首都向北：以梦为马，不负韶华

1

凌晨4点，赶往车站。去往北部埃塞俄比亚。

5点半发车，开始了一整日的颠簸。上车后，乘务人员给每个旅客发了面包与水。实在提不起食欲，便饿着肚子。大概因为空腹，开始有些晕车。吐得一塌糊涂。邻座的黑人小伙，见状不知如何是好，又是开窗，又是拍背，还帮我四处搜寻垃圾袋，而后又尝试与我讲话，说"分散一下注意力可能会好受一些"。甚至还搜肠刮肚，讲了些冷笑话。我却吐得连敷衍回应的力气都没有。

旅途的辛苦与悲凉，再次来袭。

看着窗外掠过的荒凉景色，不断告诉自己"要坚强些"。窗外，是你曾心心念念千百遍的非洲大地啊。

高山、平原、沙地、树林，此起彼伏，一望无垠。低矮窄圆的茅草屋，时远时近。偶尔掠过的穷苦村民，佝偻着身子，肩扛竹篓或尼龙袋，或头顶木柴或箱子。他们瘦削的身躯，裹挂着明显过大且已全然分不清花色的衣裤，赤着脚、一深一浅，走在路边。车辆经过，扬起一片尘土，几乎将他们彻底掩埋。

天地如此广阔，人儿如此渺小。

下午4点多，终于抵达巴哈达尔（Bahir Dar）。

在客栈安顿好后，便来到塔纳湖（Lake Tana）边。因游人每年渐增，环湖一带已修建起一家家的酒店，各种风格皆有，随处可见结伴而行的外国游客及本地人。

湖边满是野草，迎着夕阳，随风飘曳。

2

在湖边发了两日呆，这日上午，又来到车站，准备继续向北，去往拉利贝拉（Lalibera）。

巴哈达尔至拉利贝拉，没有直达车。询问车站工作人员，得知只能先到一个名叫 Gashena 的小镇，再转车。据说，前半程为 4 小时左右的车程。原本预计最迟下午 2 点到达中转小镇，但未料竟在车站等了近 2 小时才出发。因为在这里并没有规定的发车时间，只有等载满了乘客才会出发。

下午 1 点多，路过一小镇，司机又拐进一餐厅吃午饭。

根据这些日子的乘车经历，我发现，不论车是从何处开往何处，只要到了吃饭时间，必定先找寻餐厅吃饭。能否准点到达目的地，那都不是事儿，不让自己与乘客饿肚子才是大事。

又是英吉拉。因已提前备好，所以上桌速度相当快。不到半小时，即便是吃得慢的乘客，也已差不多解决完。但，吃完后，又有一乘客要去镇上找银行取钱。全车人，在餐厅又等了他半小时。

再次出发时，已是下午 3 点。司机及所有乘客，悠闲地聊天，似乎毫无怨言。唯独我，心中有火，却也无处发。

抵达 Gashena 时，已是 4 点半。全车人友好地与我道别，并教我在何处等待去拉利贝拉的车。我心中虽有些愤懑（都怪你们，拖拖拉拉，现在还能不能等到拉利贝拉的车都是未知数了），但面对这些无辜友善的笑脸，我自是只能苦笑着说"Ciao"（再见）。

下车后，立即被一群大大小小的孩子围住，其中一年纪较大的极其笃定地告诉我，说"还有最后一趟去拉利贝拉的班车，你肯定可以赶上"。顿时松了口气，坐在路边等。来往的车辆扬起漫天的尘土。我连同我的背包，立刻变得"灰头土脸"，但这群小孩们丝毫不介意这大风大土，他们挨着我，依次排坐在路边。

没坐几分钟，他们开口要笔、巧克力，然后是衣服、鞋子，最后是钱。除了钱，我一样也没有。而钱我也不多了，可没法在这里散发。于是，一样也没能提供给他们。眼前，是一张张又黑又灰的脸。有些，淌着黄色鼻涕；有些，眼角挂着大块儿眼屎；有些，嘴唇严重干裂脱皮。苍蝇，围着他们的眼角、鼻口、嘴边嗡嗡打转。大都身着脏旧、破烂的衣裳与鞋。其中一四五岁的小男孩，裤子后裆已无，因松紧带儿断了而整片布吊在大腿处，整个屁股裸露在外面。他自己似乎毫不在意，其他小孩也似乎习以为常，并不嘲笑或戏弄他，可能是因为大家都"彼此彼此"吧。他们的鞋子，亦全是"皮开肉绽"。或前脚掌处脱胶，或脚趾处破洞，或后跟处断裂。还有两个则是赤着脚。

心里涌过一阵难受。大老远地跑来这里，却任何帮助都无法提供，身上现金亦所剩无几，还得靠沙发客住宿才得以旅行。眼前的我，是个自身难保的泥菩萨。

但，若将来有一日，我有了好些的物质条件，我还会记得眼前这些天真无邪却急需帮助的面孔吗……

正呆呆地陷在自己的思绪中，一辆开往拉利贝拉的大巴突然从拐角处冲了出来。上面挤满了人，连站脚的空间几乎都不剩。忙跑上前一问，售票员却无耻地坐地加价，原本只要30的票他居然喊起100块！看着那副蛮横无赖的嘴脸，我傲气地扭头走开。这么破的车，座位也没有，30多公里的山路只能站着，却还要把价格翻几番，最后还一副你爱坐不坐的神情与口气！我还就偏不坐了！

固执如我，错过了最后一趟班车。

继续回到"灰尘扑扑"中坐着，抱着侥幸的心态。但愿，还可等来一辆开往那边的货车或私家车或其他什么车。望着另一条道上来来往往的卡车与小巴士，不知自己刚刚是否做出了一正确的决定。若最后没有任何车,那我就只能在这住上一晚了。又开过几辆车,拦住一辆辆问,都不到拉利贝拉。

在等了又一个小时后,我又开始懊恼:你啊,你就是这样作死的!

3

又过了半小时,太阳已快下山。我几乎就要丧失等下去的信心。

突然,驶过来一辆满载东西的货车,用白布罩得严严实实。在路边停了下来,司机下车来买东西。忙跑上前询问,真的是去拉利贝拉!司机说车上拉的是蔬菜水果等,但却说要收费100块才肯带我。那我岂不是白白等了一个半小时!又可怜兮兮地与他讲价,终于答应50块带上我。

就这样,在天黑前坐上了去拉利贝拉的车。

由于这段路是多石的泥土路,又加上是载满货物的大车,行驶速度很慢。抵达拉利贝拉小镇时,已是晚上8点。此地是一明显比巴哈达尔更受游人追捧的旅游小镇,沙发主亦多了些。我联系到的沙发主,他名叫Mise。抵达后,借了货车司机的电话联系上他。没等10分钟,他在镇上接了我。但因还有工作要处理,他又将我托付给了他的邻居兼朋友Mosha。

一天的奔波,终于结束。

这是一个极小的镇。镇中心的地势比旁边高出很多。他们的住处,便在镇中马路下边的一小村落里。刚走下马路,便听到村里传来歌舞声。Mosha解释说,村里有人前些日子结婚,刚好赶上今天是最后一日,村民们便在新郎家坪地上聚集,进行最后的庆祝。

虽奔波了一天,却不感疲惫。于是,又饶有兴趣地跟着他,来到这歌舞声传来之地。

坪地面积不大,只有四五十平方米左右。聚集了二三十人,全都搬着小凳子，排坐在屋前。最前面，有人将水桶当鼓一样在击打，发出的声音却足以称得上音乐，悦耳清脆又富有节奏。几对男女，随着鼓声在起舞。Mosha带着我在第二排空位上坐定。主人连忙端来水和食物，英吉拉配牛肉蔬菜。随后，又给我斟了一大杯称是"家酿啤酒"的米色饮料。尽管看上去如此浑浊，简直有些像家乡喂猪的泔水，但我还是感激地双手接了过来。一喝，果然味道也是相当奇怪。

眼前，看着众人欢快地歌舞。手中，抓着奇怪的英吉拉。嘴里，喝着味道独特的"泔水"。

似是，以梦为马，不负韶华。在拉利贝拉。

拉利贝拉：古老的城、惆怅的人

1

　　沙发主 Mise 是执证导游，他每天都很忙，极少有时间在家。

　　他们的屋子，是一排排独立的门户。各个房间，互不相干。这样就更加减少了照面的机会。于是，大多数时间都成了 Mosha 与我同行。他说自己正处于待业期，所以比较空闲。

　　拉利贝拉，之所以游人如织，是因此处有一堪称"非洲奇迹"的岩石教堂。那是在一整块岩石中开凿而出。我虽非基督教徒，但也想来看看。门票居然要 50 美金，折合人民币 300 多块，对于我这样的穷游客来说，真是有点儿昂贵。本地教徒入内无需门票。又是一通纠结。Mosha 道，我可以谎称你是我的远房亲戚，带你混进去。这……这远房亲戚，也太"远"了点儿吧。

　　装一下印度人也许还行，但要装埃塞人，这……实在不愿如此"抹黑"自己，而且被人识破的概率可以说是百分百，于是作罢。就几个岩石坑，不看也无所谓。我如此宽慰自己。

2

这日下午，在村落里转悠。

来到一家泥糊的屋子前。门口，坐了三个年龄不一的女孩，大概是家中姐妹。大的约莫20几岁，在烧柴火做英吉拉。小的可能十二三岁，坐在一旁玩耍。她们见到我后，羞涩地笑了笑。似乎想唤我过去，却又有些不好意思。我便主动走近，也围住那正做英吉拉的姑娘，饶有兴趣地看了起来。

柴火上，架着一大口浅口平底铁锅。锅里正冒着小烟，似乎极烫。她从桶里用大塑料瓢舀起一勺已发酵好的苔麸粉，用绕圈的方式在浅锅上浇了薄薄一层，手法熟练匀称。待粉稍稍变色，且表面冒起许多细孔后，她便用铲子起开，摊放在旁边已备好的专用大草垫上。然后开始下一张。原来，只烙一面，另一面是不烙的。

看着她做了几张，我有些跃跃欲试。她笑着起身，让出了位置。我学着她的样子，把很稀的面舀起，然后绕圈洒在铁锅上。结果，洒得一块厚一块薄，还有一些地方甚至都没浇上，再补浇时，其余部位已开始烙熟冒泡。最后，烙了张残破不堪的英吉拉。她们在身后哈哈大笑起来。

接着，她们对我的头发产生了浓厚的兴趣。

在这里，不管男女，头发都是极细极卷地紧贴着头皮生长。即使几年不剪，亦无法像我们一样可"长发及腰"。最长不过是长及肩处。且越长，越难梳理，最后变得如枯草一般扯不清。上小学的大多孩子，全是短发。光靠发型，无法辨别男女。长大一些后，女孩子的爱美天性逐渐显露，她们开始希望自己的发型可以有些变化，于是每隔几个月便去沙龙更换自己的发型。

年纪轻一些的女孩子，大都喜爱贴着头皮编织各种五花八门的小辫子。这是较简单的活,一般可在家与姐妹朋友互编。不用皮筋或头绳收尾,亦不会松散。年纪稍大些的已婚女性,则更倾向于购买假发,去沙龙或在家中找人贴上或接上。或长或短,或直或卷。待发型固定后,会一直留到下次更换发型时才洗头。平日里,无需像我们这样两三天一洗。虽看似无头皮屑,但实在难以想象,3个月不洗的头发,是什么模样。我只知道,摸起来,似乎是黏黏的、油油的……

而他们的眼睫毛,则也是翻卷得无法无天。不管男女老少,都是向上翻翘着。有些,甚至成360度角翻卷。

同理,他们对我的头发,亦是相当好奇。

待我坐在矮凳上,她们便开始把玩起我的头发。随后,开始尝试着编起她们头上一样的小辫子。编完,没用皮筋收尾。没过几分钟,便自动散掉了。于是,我只好"指挥"一围观的小孩去商铺买皮筋。买了回来,她们乐此不疲地开始重编。

编完,感觉整块头皮简直要被扯掉一般紧绷着、吊着。围观的小孩们看着我的模样全都笑成了一团。一照镜子,发现已被晒黑不少的自己配上这发型,俨然与当地某些肤色较浅的姑娘相差无几了。

这副模样,大概真可做一回 Mosha 的远房亲戚、混进教堂去了。

3

这日清晨,与 Mosha 去爬镇边那座最高山。

他说,那山上亦有一岩石教堂,是在悬崖峭壁中开凿而出。从山脚下看,那山上荒无人烟,仅稀稀拉拉散落着一些树木及灌木丛。爬了两个小时,来到一大片坪地。坪地上,坐落着一小村落。一路上,不断碰到行人。有与我们一样上山的游客。有住在山上的村民。有下山上学的孩子。

Mosha 教我与他们打招呼,行肩礼。

太阳与月亮同在

塔纳湖·湖边夕阳

湖泊

大裂谷内的蓝天白云

首先，右手相握。随后，握着的手不松开，再用右肩与右肩相碰。最后，右肩与左肩相碰，手依旧不松开，用空着的手拍对方肩头。行肩礼时，开始互相问候。"嘿，家里最近有水吗？""有水。""那还停电吗？""电也没停哦。""那日子挺好过的啊？""哈哈，是啊，挺好过的。"当 Mosha 与我如此解释时，我暗笑不已。

再后来，每每与人行此肩礼时，脑海中便出现那滑稽搞笑的场面。没等行到第三步，便已憋不住笑，只得草草收场。

快爬到山顶时，遇见 Mosha 的朋友 Rock。他留着满头小辫，称"留了两年才得此发型，极为来之不易"。每坐下休息时，他便下意识地用手缠玩头上的辫子。他称："许多西方女人特别爱我这发型，我这是为她们而留。"再后来，听他讲起自己的故事。

Rock 有一女友，是比利时人。年长他 8 岁，年近 40，是 3 年前她来拉利贝拉旅行时认识的。Rock 称："我丝毫不介意她比我大这么多。我们感情很好。她说，明年会来接我一起去比利时。那样，我们就可以生活在一起了。"说到此处，他眼中满是对美好未来的憧憬与期待。

他说，在这里很难找到好工作。他补充："我所指的'好'，是既赚钱很多又轻松的工作。但上帝待我很不错，让我不用工作。"因为他远在比利时的女友，会按月寄给他生活费。有时 100 欧，有时 200 欧。虽数目不大，但维持生活，在这里绰绰有余。

啊，他竟是个吃软饭的"小黑脸"。

下山途中，Mosha 对我说，在拉利贝拉，有很多这样的男子，靠与西方国家的女子"恋爱"为生。

生活，或许是可将人逼成另一种面貌的，又或许，那也是爱情。只是，彼此心中的爱或许有些不同定义而已。他爱她，或是因不用工作亦有生活来源的依赖感；她爱他，或是因他能给她不曾感受到的热切与安全感。

各取所需，各得其所。

这也是爱情。

4

这个村落里，大多房屋均无浴室或厕所。

他们洗澡，或在家中简单擦洗，或去镇上旅社澡堂，而厕所，则是树林里搭建的一简易棚子。四周，用废弃的编织袋勉强围住。脚下，是约一两米深的土坑，上面用木头搭建着台子。每次上厕所前，要先留意四周是否有人声。随后，再踩一踩那木板是否有断裂的风险。最后，再把编织袋好好拉扯一番，看是否有随时脱落的可能。待确认好后，方能蹲下。否则，随时可能成"杯具"。

这日，又睡到近 10 点。提了衣服、洗发水与香皂，去镇上洗澡洗头。结果有当地人在洗，需排队等候。一等便是 40 分钟。洗完，出旅社，已近 12 点。价格也从前一日的 15 块涨到了 20 块。老板说，电费涨了，导致热水也变贵。于是，我好心地提议他去装个太阳能热水器。这里，常年有强烈日照，肯定可节省不少电费。老板则笑答，"这里不是中国，没有那高科技设备。"

心中一片赧然。

顶着湿漉漉的头，出了旅馆。在旁边一餐厅外坐定，想晒晒这滴水的头发，顺便吃个早午饭。点了米饭配蔬菜。结果米饭要现煮，又等了四五十分钟。端上桌后，是七成熟的米饭。所谓的蔬菜，则是一个切碎、水煮的包菜，另加一个腌过的青菜，旁边还配了一小盘自制的番茄酱：即生番茄与生洋葱切碎搅在一起的混合物。实在有些难以下咽。以后还是继续吃英吉拉与面包好了。

吃完，头发也已几乎全干。拎着衣服回到房间，准备洗衣服。发现屋对面的她正倚着门槛坐在门口。

她与我算是邻居，她的屋子在我斜对面。这些日子，有时我要跨过栅栏去对面找 Mosha。偶尔他不在家时，她便会忙搬出凳子招呼我坐下，随后帮我打电话联系 Mosha。虽然，她不说英语，我们之间无法直接用语言交流，但她的善良与淳朴，却显而易见。

有时，早上一打开房门，会见到她坐在自家门口。见到我后，抿唇一笑。浅棕色皮肤，闪着大大亮亮的眼睛，弯弯长长的睫毛，露出一排细白的牙齿，嘴角的酒窝儿，荡漾开来。

霎时，惊为天人。

又想起那日在亚的斯亚贝巴遇见的中国同胞，他们称"埃塞俄比亚美女极多"。埃塞俄比亚，也许的确孕育了非洲大地最美的女子。

5

这日，与往常一样，又见她坐在门口，却是头倚着泥墙，目光呆滞。怀中偎着一个看似才几个月大的婴儿。

没一会儿，门内钻出来一男人。他粗暴地从她手中一把夺过孩子，呵斥着把她拽进了屋。这个男人，是这么些天来头一次出现。我想，大概是她丈夫。她面无表情、踉跄着进了屋，半天也不见出来。

再后来，问起Mosha，才粗略得知她的事。

3年前，她与他结了婚。日子很清苦，却也和和气气。后来，他在镇上开了家小酒吧，赚了些钱。尽管镇上离家里不过十来分钟的路程，他却开始夜不归宿。甚至有时一周才回家一次。结婚两年多，终是有了一小孩儿。她除了每天照顾孩子、洗衣做饭，晚上还会去酒吧帮忙，直至深夜，再独自回家。偶尔，酒吧中遇见喝醉酒的外国游客，会被她的美貌所吸引，进而动手动脚起来。他不但不管，反而劝她"好好陪他们"。如此丈夫，如此婚姻，她默默忍受。

又是这样不幸的婚姻，不幸的女子。

我多想跑去告诉她："不要这样默默忍受这一切！"Mosha叹了口气："你还是算了吧，这里是埃塞俄比亚，不是中国。"

其实，即便是在中国，又何尝没有这样的婚姻。

虽感情已破裂,但仍有许多人不愿放手。婚姻生活中,小吵小闹固然无法避免,但若践踏起对方的底线与原则,那该何以为继……

寂寞深闺。人比黄花瘦。

入境肯尼亚：咫尺天涯暖心间

1

从拉利贝拉回到亚的斯亚贝巴，又乘巴士南下，来到边境小镇莫亚莱（Moyale），由莫亚莱再往南，便将进入肯尼亚。

从陆路入境至另一国家，还是人生头一回。

心中曾设想：两国边境处定是寸土必争，严加把守，关口重重等。未料，这里却是迥然不同的局面。边境处，仅各自设了一小亭子，另加一拦车杆儿。两国人民在此处可完全自由出入，一派宁静祥和。

埃塞俄比亚这边的莫亚莱，比肯尼亚那边要更加繁华热闹，街道亦更整洁有序。但实际上，肯尼亚的经济发展水平要比埃塞俄比亚好。中途还碰到一肯尼亚人，他甚至大言不惭道："我们肯尼亚是发达国家，他们埃塞俄比亚，顶多算是发展中国家而已。"

沙发主曾交代我说，这小镇每天只有凌晨一趟大巴车开往肯尼亚，而那时移民局是尚未开门办公的，所以需在临走前一日在移民局盖好出入境章，否则就成非法出入了。待下午天气凉快了些，来到移民局，盖好出入境章，便忙奔赴车站，预订明日车票。

在车站，不同的巴士公司设有不同的售票窗口。莫亚莱至伊西奥洛（Isiolo）有三家不同的巴士公司，价格却都一样。从三个窗口的广告牌看，图片上的巴士都很新很现代，我又开始纠结选哪一家。

旁边走近一人，他自称是一大巴公司的负责人。他指着不远处一辆大巴我说："走，我带你去看看我们的巴士，看了你再决定。"这个主意不错。于是，跟着他来到那辆巴士前。走近后发现车身极高极长，似乎有七八十个座位。接着他又示意我可上车细看。盛情难却，只好又爬上了大巴。待我上去后，他居然叫大巴司机载着我在镇上绕了一圈！如此待遇，让我受宠若惊。他们大费周章，只为多争取一个顾客，让我惊讶不已。

"试乘"后，便订了票。票上标示：清晨 6:20 出发，下午 5:30 到达。

2

次日清晨，准时出发。

从莫亚莱出发后，中途每隔约一小时、甚至有些路段每隔半小时便设有关卡检查。扛枪的警察，一拨又一拨地上车检查每一个旅客的身份证或护照。

车开出后不到一小时，又上了一批扛枪的警察。身形彪悍，面相凶恶。其中一个挺着大啤酒肚的警察缓缓走过来，我将手中已准备好的护照递予他。他翻开，眼皮抬动，看了看护照，又看了看我。"你，中国？"

不等我回答，便二话不说，竟将我的护照放进胸前口袋，继续检查后面的人。

"嘿，怎么回事？为什么拿走我的护照？"我极为惊讶地问他。

他瞟了我一眼，未答话，继续往后检查其他乘客。于是默默等待。他们终于查完最后一排。那将我护照装进口袋的"大肚警"，站在窗外，朝我招手，示意"你，出来"。

心中一阵紧张，难道我看着像恐怖分子或什么其他可疑人士？

已出门近半年的我，包中仅背的几套衣服都已被磨去了边儿，显得破破烂烂、还沾了些洗不掉的污渍。低头看看身上的 T 恤，已像一块临时披上身的烂桌布。难道仅因为这"烂桌布"，我就该被当作可疑人士对待吗？！我乖乖地下了车。

跟随他来到一低矮房屋，似乎是他们的办公室。不到十平方米的小屋里，摆着两张小桌子，几个塑料凳，地上散落着些空水瓶、破皮鞋、塑料袋等垃圾。狭窄、凌乱。待我进了屋，他将门关好，示意我坐下。随后开始"盘问"。

"你从哪里来？"

"埃塞俄比亚。"

"你去哪里？"

"肯尼亚啊。"

你居然问这么愚蠢的问题！心中嘀咕。

"你为什么从这里入境？这两个月以来，可都没有游客从此地入境。你是游客吗？"

"我是啊。为什么没人从这里入境？"

我居然问这么愚蠢的问题！（是后来才明白）

"你去肯尼亚做什么？"他并未与我解释"为什么没游客从这里入境"。

我搬出在入境处盖章时听到那肯尼亚工作人员的"吹嘘之词"，道："听说你们肯尼亚是个非常漂亮的国家，有很多国家公园啊、稀有动物啊、湖泊啊什么的，所以我想去看看。"

听到外国人对自己国家如此赞叹向往，他又高兴起来："你说对了，我们肯尼亚的确有很多好东西。欢迎来到肯尼亚。"

"谢谢！那我现在可以走了吗？"我想，趁他现在高兴，说不定会一挥手就放我出去了。

"等等，别急……你来自中国，那是个非常富裕的国家，到处都是有钱人……"

我明白了，他想要我"意思意思"。原来，并非因我是"可疑人士"而被请进了这间小屋。肯尼亚警察中盛行的腐败风气，确实曾有耳闻。只是未曾料到，在这入境的第一日便遇到这样的情况。心中气愤，便又来了一股犟劲。

"中国非常富裕，但不代表所有人都有钱。你想啊，我若是有钱，我还在这里辛辛苦苦挤大巴？我不直接飞去你们的首都内罗毕了？"

他若有所思地点了点头，似乎也认同这道理。

"不要跟我扯那些！我知道你有钱。"他居然这么快就回过神来了。

"嘿，你还真是奇怪了……我又没犯法，为什么得给你钱？"突然醒悟，是啊，即使我有钱，又凭什么要给你？！一想到理在我这边，便又理直气壮了起来。他听我这么一说，开始变得不快。

"嗯哼，为什么要给我钱？那不给钱吧，你就被扣在这里，不要去肯尼亚了。大巴车等下开走了，你就完了。"

这话，倒是真把我吓了一跳。我的背包还在车上，那可是我的全部家当啊。

"我这个包里只有一点点小钱，大钱都放在大巴上的背包里呢。我去给你拿！"

身上的美金，并非全放在这个包里，确实还放了些在行李包中。若我能返回到车上，不再回这办公室，众目睽睽之下他应该也不大敢勒索我了吧……

"那护照放在这，你去拿，我在这里等你。"哎呀，忘了护照还在他手上！

3

丧气地走出小屋，远远地望见大巴仍在。走回大巴，上车，我与司机诉苦：

"哎，我的护照被那警察拿走了，他不还给我。我又不是恐怖分子，他凭什么扣我的护照……你帮我想想办法，我该怎么办……"

"我就猜到，他把你的护照扣住，肯定是想要小费……他们在我们这些本地人身上搜刮不出什么了，今天就逮住你了，这些人真是……"他居然与我同仇敌忾起来。看来，这里的警察非常不得人心。接着他又道,"你不用急,我们就在这等着,看他能怎么办。"

听他如此一说,我也如同被打了一针强心剂,瞬间又振作了起来。我想也是,那警察等得不耐烦了说不定就会将护照还回来。又或者,他就是不肯把护照还给我,跟我们在此耗上了,那可咋整……

心中满是忐忑与不安。

回到座位,邻座又问我怎么回事。与他解释后,我又问他:"你们每次坐大巴都是需要这样频繁检查的吗?"他答"以前并非如此"。他说,是肯尼亚北部这一带近些年常有部族冲突,尤其是近两年形势又加剧,这一带有三个部族为争夺水源、牧场等持续爆发动乱。

接着,他又说,最近的一次冲突事件发生在两个月前,且持续了十来天,导致近百人丧生,许多当地居民无家可归,数千人前往埃塞俄比亚的莫亚莱避难。暴乱地点,正是在我们离开莫亚莱进入肯尼亚后不久经过的一小村庄。

无知如我,却在此刻才了解到这个情况!听完后不禁心惊胆战、脊背发凉。

难怪昨天在出入境及街上没有遇见其他外国游客!且今天的大巴,亦是如此!难怪刚刚那"大肚警"说"已两个月没见外国游客在此入境了"……

真是愚蠢无知又莽撞啊,我在心中暗骂自己。

④

战战兢兢地坐了10几分钟,扣我护照的"大肚警"果然过来了。

他立在窗外,又朝我招手,再次示意我下去。这回,我坐着不动,瞪了他一眼,决定不下车。他从口袋中抽出护照,朝我晃了晃,意思是,"你不想要你的护照了?"我沉默、打战、不知所措。

前面的司机注意到了我们的对峙。他探出身子,与警察说起话来。

不知说的什么,用的斯瓦西里语。幸好,谈话平和,并不争吵。几分钟后,警察将护照从窗口递给了司机,司机又递予我。窗外的"大肚警",嬉笑着与司机道别,转身离去。

我们,终于再次上路。

好奇地跑去问那好心的司机,想知道他与那"大肚警"说了什么,竟让其突然变得如此友好。他却只是笑了笑,没有作答,一心一意开车。

咫尺天涯,萍水相逢,竟拔刀相助。

一股暖流,缓缓流入心田……

纳库鲁：入住东非大裂谷

1

进入肯尼亚后，窗外景象开始变得不同。从一片片荆棘地、灌木丛，转为一片一望无际的稀疏长着枯草的沙石地，再慢慢过渡到有山头起伏、绿色田野、广阔湖泊的中南部。最后进入了裂谷省。

今晚将在伊西奥洛休整一夜，明日将去到纳库鲁（Nakuru），住进大裂谷。心中默念：东非大裂谷，我来了。

中途，大巴在一小镇停下用餐。有了这些天的乘车经历后，我已不再追问"什么时候可以到达目的地"，亦不太在意，随遇而安好了。跟着他们下车，喝茶吃饼。

吃完出门，竟撞见一群"野人"。其中有些女子，嘴唇上吊着很大的圈圈，上身全裸，丰满的胸部随着她们的步子一颤一颤，下身围着一块分不出质地与颜色的布或皮。加上男子，约有一二十人。他们手中挥舞着木棍，口里叫喊着听不懂的语言，一副凶神恶煞的样子。胆小如我，忙躲去了几米远，免得遭"误伤"。旁观一阵。原来，他们在与另一伙人骂架。双方均不示弱，你一句我两句。过了几分钟，竟是要打起来的架势。

那嘴唇上吊着圈圈的，大概是赫赫有名的"唇盘族"。

据说，该部落的少女，在十二三岁时将在下嘴唇上穿一小洞，先佩戴一个用泥烧制或木头制作的小盘子。随着年龄的增长，逐渐换更大的。盘子越大，表明越勇敢越美丽。此刻看来，实在难以认同这是一种美丽。那个势头最凶的女子，她的下嘴唇如面条一样耷拉着。那道伤口，足有大半个手掌大小。不禁猜测，当初穿洞时，该有多痛啊！

这群人，骂架时还不断吐口水。最开始，我还以为他们吐口水的意思是对着对方"我呸，呸呸呸"，以此助长自己的阵势。后来才明白，原来不是。人没有下嘴唇时，口腔内没法保存唾液，于是不得不频频吐口水。这才出现如此场面。

再后来，竟真的动起手来。打成一片，鬼哭狼嚎。我们的大巴司机在车上按起了喇叭，把还在外面看热闹的我等乘客呼上车，并训斥我们："这些人非常喜欢打架，而且一个个都很凶悍，见着非自己部落的人就是一顿乱棍暴打，你们怎么这么不知死活……"

听完又被吓得一身冷汗。

今天，真是出师极为不利啊。

2

经过整整一日的"飞车"，天黑前一刻钟抵达了伊西奥洛。

将其形容为"飞车"，是一点都没夸张。大巴虽然如此高大，那司机却丝毫不失"速度与激情"。途中好一大段都是没有修好的土石路，如此的急速，让坐在后面几排的我们冷不丁地就被颠得撞上头顶的行李架，再重重地被甩回座位。

车内不断传来妇女、小孩儿的尖叫声，那司机师傅却一直从容不迫且毫不减速。

下了大巴，马上有人围了过来，"找住处吗，女士？"

"多少钱？"我问。

"500先令。"

"让我先看下房间。"

他带着我走进一低矮暗黑的过道。来到一排房间前，推门而入。几平方米的小房间，摆着一张一米来宽的床。上面铺着花床单，但已分不清是什么花色了。在昏暗的橘色灯光照射下，房间阴森森地透着一股凉气。有些恐怖，道了谢便逃了出来。

走了几步，又拐进另一家旅社。房间依旧不大，但床大一点，灯光也亮一些，床上还挂着一个蚊帐。与老板讨价还价，300 先令，交钱入住。

③

次日清晨，继续坐车。伊西奥洛至纳库鲁。

中午时分便抵达纳库鲁车站，准备联系沙发主。可翻遍了整个小包，未能找到记录着所有沙主电话等信息的便笺本。开始努力回想，最后一次见到此小本是在车子出发时，所以应该是落在车上了。那么颠簸的路，包可能忘了拉拉链，里面的东西被颠出来是极有可能的。

赶紧奔回小巴士刚停留的地方，但发现已不见其踪影。

又忙询问停在一旁的另一辆小巴士司机，并将票掏出来让他看。他仔细地看了看票，说他们来自同一公司，并且他认识此司机。于是他又帮我打电话联系那司机。电话打通后，那司机答："确实在车上捡到了一小本子，我等一会儿便回车站。"于是，在车站等司机回来。

这个小便笺本，记录了每个城市的沙发主信息，还有路上遇见的旅伴或路人的信息，还有当地语言基本打招呼用语等。今天能否顺利联系到沙发主，就得靠它了。在车站旁一小摊棚下，许多中场休息的巴士司机都聚集于此，他们在喝茶、吃饭、聊天。

听了我的事后，忙热情地招呼我过去。又是让座，又是吩咐店主给我上茶，还安抚我"不要着急，耐心等待"。

等了约 20 分钟，捡到本子的司机回来了。拿着这失而复得的小本子，真心地谢过所有的人，起身去找公用电话联系沙主，其中一司机见状，又忙掏出自己的手机递给我。对于他们的如此好心与热情，实在不知该如何回报，便想请他们喝茶吃饼，却被他们挥手拒绝。

大概，在他们眼中，我孤苦伶仃孑然一身、独处异国，是件极其悲惨的事。只好默然收下这些怜悯与同情。愿这些好人一生平安。

4

我的纳库鲁沙发主,名叫 Milk,女,已婚,身材有些微胖。她给我的第一印象,便是个热情开朗的女子。

她家在离镇上约五六里外的一处农场,那里住着她爸妈与弟弟。她丈夫在首都内罗毕工作,平日极少在家。他们有个几个月大的女儿,请了一保姆在家中照顾。她自己在镇上经营着一家旅行社,平日里不住在农场,自己在镇上租了套房子,与女儿及保姆同住。她说,我可选择去她的租房,或去她爸妈居住的农场。

我想在大裂谷中感受本地村民的僻静生活,于是决定去她爸妈居住的农场。

Milk 的爸妈 10 年前搬来这里,买下此农场,建了这院子,作为养老之地。

这农场坐落在大裂谷省腹部地带,方圆几十公里全都是大大小小的农场。这里雨水充沛,土壤肥沃,安静广阔。这是片极大的地儿。据 Milk 爸爸介绍,他的农场约有两百公顷,居住的院落约有半个足球场大小,包含两套起居室,一大一小。

大起居室类似国内布局,为三室两厅,带厨房与卫浴。客厅面积极大,约有七八十平米。小居室,则是另外一排三个房间并排相连的平房,是 Milk 弟弟的起居室、厨房及杂物间等。

两个院子,分别关养着些奶牛、绵羊山羊、火鸡母鸡公鸡小鸡仔等畜禽,还养了一只很大的"神龟"。白天时,牛羊被放逐到农场自行觅食,乌龟与鸡仔则在院内自由活动。除此之外,Milk 的爸爸还养了 5 只狗 3 只猫,整个院子显得极为热闹。

Milk 爸爸说他非常喜欢小动物,再加上偌大个院子,平日里就住他们仨,很有些冷清,便养了这些动物排遣寂寞。

东非大裂谷：再次成为志愿者

①

东非大裂谷，南北全长 6400 多公里，北起中东国家以色列，南至莫桑比克，贯穿整个东非。左右宽 50 至 100 公里。地理实在没学好，曾无知地以为那是条可一览全貌的小裂谷，实在是惭愧。

我所处的纳库鲁，处于裂谷中部，在赤道以南，已属南半球。

站在院中，近处是广袤的田野，远处则山峦起伏，恍然置身于一巨大的盆中。天地间，人是如此渺小。

晴空万里时，天上一丝云都没有，从浅蓝延伸到深蓝。有云的日子，云层有时低到似乎一伸手便可触及，有时又高高地挂在远处山头、遥不可及。躺在草地上观察那云，竟是如此变幻莫测。一朵朵，移动得极快。盯住某一朵云，会发觉它们的形状与位置，每一秒都在发生细微变化。每时每刻，它都是不同大小、不同形状、不同厚度、不同层面。有时，会出现无数朵波浪形状的小云，就像那水面上泛起的涟漪，一片片，铺满半边天。

我想，或许家乡就有这样的云。天空的这些丰富多彩，或许也曾每天在我头顶上演。可我，却是现在才察觉到。

2

这里没有明显的四季之分，只有雨季及旱季。

现在是三月份，属于旱季。早晚极其凉快，气温较低，需穿外套。待太阳暖了大地后，通常在 10 点左右开始变热。正午时分，则会像夏天一样炎热。下午 5 点过后，天气又开始变凉，需添外套保暖。

Milk 的爸爸在不远处的小镇上经营着一家卖饲料、肥料等的店铺。每日清晨，他会骑着自行车去店里准点开门，当然除却周日。Milk 的妈妈大多时候都在家中，偶尔去农场，摘牛油果柠檬，砍甘蔗等。Milk 弟弟则负责种植土豆玉米麦子。家中还有一女佣，负责洗衣煮饭搞卫生。早晚天气凉快时，Milk 的弟弟总是身着棉袄。

又不禁想起进入埃塞俄比亚以来一路见到的"奇人怪事"。

大中午的，烈日当空，街上竟有许多人身穿夹克、头戴毛线帽，甚至还有人裹着棉袄，而我却身着短袖或衬衫。对此，我极其好奇且百思不得其解。难道是自己已经"堕落"得如此彪悍，身体已感受不到空气中的寒冷？

后来发现，并非如此。

原来，黑种人的实际体温是低于黄种人的，他们相当怕冷。据我观察，白种人大概是最不怕冷的种族。即便是在寒冬腊月，他们只穿薄外套也不会瑟瑟发抖。同时，黑种人最不怕晒，且无须涂抹防晒霜，而白种人最怕晒，他们患皮肤癌的概率也最高。看来，都是有利有弊。

明智如上帝，他并未将所有好处专赐给某一种族。

大中午的，太阳暴晒时，我总想方设法躲在阴凉处，而 Milk 弟弟则偏爱阳光普照，专挑正午时去地里干活，挥汗如雨。

看到他，我想起了自己小时候干农活的场景。

当时，家乡流行种植烟草，村里每家每户都种。那时我刚升入初中不久。先将烟草种子种在大棚里，待其发育成幼苗后，将它们一棵棵地移植到地里。然后，再等待烟草成长。长起来后，全家出动，去地里锄草。有时，清晨出门，直到大中午了，火辣辣的太阳顶在正空，我们一家四口仍在地里拔草。时间一长，被太阳烤得头晕目眩，如热火烧身。汗水从头皮、毛孔中不断渗出，流至眼角，再沿着脸颊往下，流至下巴。田野中一片寂静，我似乎可以听见汗水从下巴处滴到地里的声音。蹲的时间长了，一起身，便眼冒金星，踉跄欲倒。

再后来，烟草长得足够大后，下面的叶片开始青里泛黄，那便进入烤烟时节了。出门摘烟叶要趁早，既不会太热，又可及早将烟叶送入烤烟房。凌晨天尚未亮，全家便起床，父母身挑箩筐，哥与我尾随其后。来到地里，开始剥烟。每株烟草每次大概可剥三或四片叶子。留下尚未长大的，下一轮再剥。将烟叶从地里剥回来后，用特制的烤烟绳与棍将烟叶一片片串起来，送至烤烟房。烤成后再由父亲挑去烟草局售卖，而售价则根据烤后的烟草成色来定。

在我的记忆中，从将烟草种子撒入地里，再到变卖为钱，那是一个非常漫长而曲折的过程。无数个清晨与白天，移栽、拔草、剥烟、串烟、烤烟。若烤出来成色不好，只能廉价贱卖，顿感所有的辛苦都付诸东流……

生活，是多么艰难啊！

3

周末，Milk 从镇上回到农场，我与她闲聊。

她说起农场附近有几所学校，由美国或欧洲资助兴建，偶尔可遇见来此工作的志愿者。听了之后，我突然又萌生一想法：我也可以在这里做志愿者啊。

于是，又央求她带我去走访这些学校。

来到一所带学校的孤儿院，该院坐落在一座不高的山脚下，由一德国慈善组织资助而建。相比起附近村落的泥房与草房来说，这所孤儿院的房子是如此显眼漂亮。

接待我们的是孤儿院院长，男，当地人，约莫30多岁。院内停着一黑色奔驰轿车，看来院长是比较富有的。屋内，两个女佣在清扫洗刷。他带我们进入客厅，其父母正坐在躺椅上喝茶聊天。看得出来，生活极其舒适滋润。厅内布置得相当现代。除了沙发、茶几、餐桌等普通家具外，冰箱、饮水机、消毒柜等非洲难得一见的电器，亦是应有尽有。

我们开门见山，说明来意。他答，"此孤儿院与资助组织签有相关协议，只可接受该组织派过来的志愿者。"

不知他所说是否属实，总之我被拒绝了。

随后，我们又来到另一学校。

Milk介绍说，该校由一美国人募资而建，幼儿园、小学、高中，一应俱全。共有学生七八百，是个较大型的学校。

校长接待了我们。听说来意后，他又仔细询问并记下了我能做的工作范围，然后表示他要与另一董事会成员商量一下，才能答复。

等了10来分钟，他回来了，说："我们欢迎你的加入。"

英语，是肯尼亚的官方语言。我的英语，却是被"应试"所逼而学的。若学生们听不懂我的英语，那我该如何教学呢？于是，又坦白地与校长说，我这是"大姑娘上花轿，头一遭"，也不知自己能否胜任。校长则安慰我说："没关系，到时候有问题再一步步解决。"

又想了想，或许，除了教英语外我还可以做些其他事，若他们有兴趣与精力，也可以教他们一些中文。校长又让我选，是想教幼儿园呢，还是小学生，或是高中生？高中生就算了吧，我肯定降服不了他们。幼儿园的，太小，怕是太难得沟通。那就小学生吧。

随后，校长将我交至小学部的负责人，他是个满脸笑容且开朗幽默的男老师。接下来，他带领我参观了小学部、中学部及幼儿园，还有餐厅、学生宿舍等。最后，他又将我介绍给了小学部正在办公的各位老师。

就这样，我被接纳了。

4

3月17号，周一，正式从 Milk 家搬来学校。

校长 Mr. Weka 登记了我的基本资料，再次认真写下我能教的功课。最后，他告诉我他最大的期望其实是希望我能教他们一些功夫，如跆拳道、太极之类。

自进入埃塞俄比亚以来，遇见的许多人，特别是小孩子，得知我来自中国后，必问的问题大都是："你会功夫吗？""你认识 Jackie Chan（成龙）或 Jet Li（李连杰）吗？""你可以表演给我们看一下吗？"

印度有"印度式发问"，非洲竟也有"非洲式发问"。

无论男女老少、学历地位，于他们而言，对中国最广泛深入的印象便是：中国人都会功夫。遥想大一时学过的太极拳，已几乎忘得一干二净，只零零星星记得几个招式。于是，硬着头皮告诉校长"我会一点儿太极，合适的时候也可以教给他们一点点。"看着他又埋头在本子上一本正经地写下"TaiChi"（太极）时，我又开始心虚地想道，"就你那点三脚猫的太极，能拿出来教人吗……给你自己丢脸也就算了，可到时候丢的可是咱中国人的脸啊……"

哎，君子一言，驷马难追啊！豁出去了。

随后，校长先生又叫来了负责小学部女生寝室的 Elizabeth 女士。他问她，是否可以给我安排一个房间。Elizabeth 女士回答"暂时没有多余的空房"。于是，校长先生又客气地问我是否愿意暂住他家。他说，自己和妻子还有一个5岁的小儿子住着一两室一厅，由于儿子是与他们同睡，所以正好空着一个房间。

因此，我住进了校长家。

卫理公会中学：如雄鹰般搏击长空

1

学校名为 United Methodist Mixed Boarding School（联合卫理公会寄宿制学校），由一美国女士 Diane 集资建立。

在基督教徒的相关组织中，Methodist（卫理公会教派）是个极其常见的名。在路上，可见到许多教堂、学校、医院等机构，它们均以此命名。Mixed 则表示男女混合。在这里，还有些学校是分性别的，只可接受男学生，或女学生。他们认为，男女混合上学，是引发早恋并导致一系列教育问题的主因，所以便统一性别。Boarding 则为寄宿的意思。在这里，所有学生为寄宿生。学校实行封闭式管理，周末时方可外出。离家近的学生可回家，离家远的则留在学校。

这里的学生，有一半是孤儿，另一半则是此地穷苦人家的孩子。学校每年有免费名额，供交不起学费但成绩优异的孩子上学。

7点，早餐时间；11点，喝早茶；1点，吃午餐；5点半，晚餐。每一堂课，40分钟。连上几节后，将有10到20分钟的休息时间，由任课老师自行安排。并没有上下课铃声。

当我与老师们说起，在中国的学校，上课打铃、下课打铃、吃饭睡觉也打铃时，他们全都瞪着眼睛，惊视我如"天外来客"。

2

前3天，整日跟着英语老师 Florance 女士去她的课堂。坐在后排与学生一起听讲，熟悉他们的上课内容与教学模式。

第四天，终于有机会给四年级的学生上课了。

进教室，学生们起立，齐声喊"早上好，Norma 女士"。一双双眼睛，齐刷刷地望向我。想起学生年代的自己上讲台时的模样：心跳加速、手心冒汗、眼睛紧盯地面，不敢抬头直视台下；偶一抬头，发现台下那一双双直盯盯的眼睛后，更是窘迫紧张，开始舌头打结、两腿打战；随后，大脑便是一片空白、呆若木鸡。最后，老师朝我一挥手："啊呀……XX，你下去吧……"一脸恨铁不成钢的嫌弃表情。

而此刻，我居然奇迹般地面带笑容、将他们一个个地扫视。

这个班共49人，算是学生比较多的班级了。在这，每个年级仅一个班。有些人少的年级，只有10几个孩子。这教室的讲台，并没有高出地表。所以老师与学生，是处于同一平面。

请他们坐下后，拿着课本，翻到这节课要讲的内容。突然又想起自己还不认识他们，大部分连名字都不知道。于是，又让他们一个个上台来做自我介绍。

他们来到讲台前，报上自己的名字，再选择性地说说自己的兴趣爱好、家中兄弟姐妹父母、喜爱的食物、自己的理想等。

他们在台上呈现出各种紧张状态，伴随着各类肢体动作。或前后晃动、左右扭摆，或双手背后、低头望地，或双手交叉在胸前、故作镇定。或一面说话，一面转动眼珠四处瞟。各种羞涩，各种不知所措，让我在台下简直快要忍俊不禁。

再后来，上来一位小女孩。

她留着与男孩子一样的浅头发，呈深灰色，卷卷地吸附在头皮上，看上去有些灰蒙蒙，大概是很多天未洗的缘故。她上台后，望了我一眼，随后将目光转到她脚前的那片地面，轻声说："我名叫 Jane，没有爸爸妈妈。"

虽已早听闻，这里的许多孩子都是孤儿，但如此直截了当、在自我介绍时说出来，胸口如被人击了一把，竟有些透不过气来。再看她，原以为此刻将挂着一副特别孤苦的神情，却未料，她竟是面无表情，似乎此刻描述的只是别人的境况。接下来，她并没有继续讲述为何没有爸爸妈妈。

也许，她觉得没有必要；也许，在她说服自己接受这个事实前，已经历过无数个夜晚无助的哭泣。孤儿，在此地已是个如此普遍的概念。

愿不论在何种境遇下生长的孩子，都能长出一对坚韧的羽翼，如雄鹰一般搏击长空、展翅翱翔。

3

下周，学校将派队参与纳库鲁区的运动会。

于是，每日下午体育老师都带队练习足球、排球、篮网球（netball，类似于篮球），分男女队。每日练习至少两个小时。因学校的足球场刚铺上草皮，还未长起来，于是便每日去到距离学校约两公里左右的另一学校练习。那儿有一大片天然绿茵草场，场地虽有些坑坑洼洼，但也算是一有模有样的球场。

在校长的要求下，我也加入了女子排球练习。我虽不是排球健将，但自高中起便爱极了这项运动。于是，每日跟随他们步行几公里，参与训练。

离开埃塞俄比亚的前一晚，被蚊子或其他不知名的虫子咬到脚踝，起了个大包，奇痒无比。后来忍不住抓破了皮肤，随即慢慢变成一个大伤口。虽已结疤，却感觉依旧并未真正愈合。可能因为这些天运动过于激烈，今天下午竟发现该伤口红肿得特别厉害，连走路都开始变得有些不适。

这才意识到，伤口似乎已变得相当严重了。

进入非洲前，曾听说这里的蚊子特别厉害。可传染多种疾病，最常见的如疟疾、黄热病。出发前，在印度德里注射过黄热病疫苗，十年有效。所以应该不会被感染上黄热病。但对于疟疾，我是毫无防备的。又连忙上网查，得知疟疾的症状是忽冷忽热、呕吐、全身肌肉酸痛、人感觉很疲惫等。这些症状，我一样也没有啊，但依旧变得担忧，并害怕起来。

我还是很怕死的，尤其是这种莫名其妙的死法。

下午，从训练场地勉强走回学校。在同事 Sam 的带领下，来到学校附近一诊所。他说，这家诊所也是由资助学校的 Diane 募资建立，专为附近村民与学校师生服务。

进诊所、抽血化验、等待结果。没有疟疾！谢天谢地。

给医生看我的脚。他看了几眼，戴上手套，用手摁了摁，随后将我的伤疤一把撕掉。妈呀，那叫一个痛啊！撕肉，原来就是这种感觉。疼得眼泪都掉了下来。伤口里，竟已开始化脓溃烂。随后，医生挤压掉里面的浓汁，再用碘酒消毒，接着撒了些不知名的白色粉末。最后包上纱布，用绷带绑了一圈儿。

处理完毕，医生交代我"每天都得来换药"。

④

Sam 也是学校的志愿者，他是内罗毕一所大学的大四学生。现正值假期，于是也来此做志愿者。我听他讲述了自己的身世后，我便犹如看了一部剧情极为跌宕起伏、悲喜交加的电视剧。

年幼时，因家境贫寒，Sam 读完小学八年级（因曾是英国殖民地，所以这里的教育制度同英国，小学八年，高中四年）后，便辍学在家。再后来，又因家庭变故而离家出走，流浪街头长达两年之久。以偷、抢、骗、翻垃圾桶为生。

据他回忆，自己当年最怕的是下雨天晚上，需要四处寻找干地盘睡觉。他说，因"同行"很多，在开始流浪的最初，他受尽别人的凌辱与欺压。后来，凭借自己的聪明才智，他在"丐帮"立稳脚跟，并发展出自己的帮派⋯⋯

两年后的某一天，他在街上遇见了他的"命中贵人"，即这所学校与诊所的主要出资人 Diane。用 Diane 的话说，是"那天在街上，看到这孩子眼中闪现着与常人不一般的光"。对他产生浓厚兴趣的她，便与他搭了话。交谈后得知，他非常喜爱学习，小学成绩非常优异。为此，她又特地去到他的小学，查证了他当年的成绩。果然，这小子没骗人，数学成绩尤好。于是，她决定资助他完成学业。

就这样，Sam 幸运地返回学校。

高中毕业时，他没有让她失望，考取了该国一所 IT 专业排名最前的大学。进入大学后，一到寒暑假，他便回来这里帮忙，也当是回报她的培育之恩。因深得 Diane 的信任，他每天来回于诊所与学校，帮忙处理一些网络系统与行政类的工作，同时兼任高中部的数、理、化老师。

最后，Sam 不无感慨地说，在街上，还有许许多多依旧以流浪乞讨为生的孩子，若没有她，他或许至今一直在街上流浪，又或许已病死，又或许已在"丐帮大战"中丧命。叹息完，他又坚定地告诉我，等以后自己赚了钱，他也想成为她，帮助上不起学又成绩优异的孩子重返校园。

身体力行传承她的助人理念，是给予她最好的报答。他想。

尼亚胡鲁鲁：南北半球同在脚下

①

周日，学校没课。

Sam 要去看望他外公外婆。他外婆家，在纳库鲁至尼亚胡鲁鲁（Nyahururu）的途中，需要横跨赤道，去到北半球。他说，途中可看到更为清晰壮阔且典型的东非大裂谷轮廓，你要一起吗？

见我丝毫不为所动，他又说，我外婆做的 Mukimu（土豆泥中混入玉米粒及绿色蔬菜，是当地食物中我比较习惯的一种），绝对比你在别处吃过的都好吃，怎样，来吗？

我狐疑地看着他，你在"引诱"我？

他笑眯眯地点头，挑衅似的看着我，是啊，怎样？

东非大裂谷，看不看都无所谓了，我现在就住在裂谷里呢，已然丧失了当初的神秘与稀奇。但穿越赤道，从南半球跨去北半球，仅为吃上一碗 Mukimu？我认真考虑着这个听上去很神气的建议。开始陷入纠结。几秒后做出决定。

去吧！闲着也是闲着。

2

20天前，从伊西奥洛来到纳库鲁时，曾走过这条线路，但当时未曾过多留意途中景色，一路睡到了纳库鲁。

当车爬上一段高地后，Sam忙喊，说窗外现在可看见的那片山谷，便是那"清晰壮阔且典型的大裂谷"。我将脑袋伸出窗外，使劲张望。

Matatu（面包车）司机见状，干脆停下车，说"让你下去看个够"。于是，下车。看到下面就是一有开口的大坑。坑中，高低起伏，满是绿色的农作物与树林，间隔着深褐色的土地。在阳光的照射下，土地与树林中闪烁着星星点点。哦，那是一间间的以银色铁皮为屋顶的平房。

车子呼啸着北进。

途中经过一处极为普通的地时，Sam又开始叫喊，"我们现在要跨过赤道了，即将进入北半球！"路边，依旧是种满农作物的土地、低矮的铁皮房屋，还有那悠闲享受烈日的人。面包车停了下来。原来是有乘客想下车买路边的烤玉米。我们也下了车。

马路边，竖着一块牌子，"赤道"。再往里，有一卖木雕工艺品的小店。店主人在人群中见到我后，马上两眼放光奔了过来，手里举着"到赤道一游的证书"，问我买不买。哈哈，竟还有到赤道一游的证书！问他多少钱。"10美金！"一张破纸竟要10美金，够我在这里一周的生活费了！不买！

他竟笑嘻嘻地说，不买没关系，做个实验给你看。

他拿着一塑料盒，底部打了一小洞。他往盒子里注入水，放了一根火柴在水中。他说，若它是顺时针飘旋的，说明正位于北半球。果然顺时针。然后，他端着塑料盒移动了一步，火柴棍又变为了逆时针飘旋。他说，这证明我们现在位于南半球了。最后，他又端着此盒，猫着身子，往中间挪了一小步。他说，现在，他就站在正赤道线上，并叫我再看盒子。盒底的小洞，依旧在滴水，但水中的火柴棍，却是静止的。

物理学得一塌糊涂的我，全然不知这是什么原理，只觉得好神奇！

从他手中拿过水碗，也学了他的，上移一步，下移一步，最后又站在他所谓的正赤道线上，看着这盒中小小火柴棍的变化。

一脚踏在北半球，一脚踏在南半球。

顿时感觉，整个世界，都被踩在脚下。

③

沿着黄土飞扬的马路驰骋一个多小时后，我们在一处青山沃土边下了车。他指着马路旁边一处树林环绕的平房说，那便是他外公外婆家。

接着，Sam又讲起了故事。

他成长于单亲家庭，爸妈在他几岁大时离了婚，但在他十几岁时，他们又复了婚。可再婚维持不到一年，终又以离婚收场。随着他们的分分合合，整个家也跟着摇摇晃晃。他的童年，在这里与外公外婆度过。后来，跟随他妈迁去了别处，很少再回来。如今，即使他每年寒暑假都会来到纳库鲁，离他的童年之家仅一小时车程，却也已有四年未曾回来过。

似乎，每个人在长大后都变得不再常回自己生长的家乡，也不再与陪着自己长大的亲人常见面。或因生活所迫，或因时势所逼，又或因追梦所致，每一个人似乎都漂离在外。个中滋味，或苦或甜，只能由自己孤身品尝。

我们都如此安慰自己：这就是生活。

穿过树林与土地，来到屋前。这是一所非洲大地随处可见的普通平房。共三间屋子。正中是客厅，左右两边为卧室。厅的右边，摆放着一套褐黄花色沙发，椅背上，搭盖着带流苏装饰的白色毛线布巾。沙发前，放有一小木茶几，茶几上铺着一块儿虽已褪色但尚洁净的碎花布。左边，靠墙摆放着一个几乎与我齐平的木柜，上面有一台小尺寸的彩色电视机，正播放着"SMACK DOWN"（美国一摔跤节目）。

他外公，神采飞扬地坐在沙发上"观战"。见到我们后，忙起身握手、寒暄；他外婆，则在厨房烧柴火准备中午饭，她见到 Sam 后异常开心，与我亦行了亲切的贴面礼。她不说英语，但总咧着那已掉了门牙的嘴朝我微笑，很慈祥和气的模样。

4

坐了约半小时，她给我们端上了午饭。

果真是 Mukimu，还配了羊肉、包菜。她的做法果然有些不大一样。将土豆炖烂、压成泥、混入新鲜玉米粒与绿色菜叶后，她又用油煎炒了一番，所以更为香甜。

Sam 边吃边感叹："这，就是我记忆中童年的味道啊"。

是啊，每个人的记忆深处，都有独属于自己童年的味道。不管在外漂泊多远、多久，那都是永远都不会忘记的味道啊。

在回学校的路上，我极其冒昧地问 Sam。"我曾听说，这里的人平均寿命只有四五十岁……"

看到他那七八十岁的外公外婆，我心中已经诧异并憋闷很久了。

"啊……那还是很久以前的境况……据我所知，如今的肯尼亚，很多人都能活到超过 60 岁。我还有个更老的奶奶，现在都快 90 了，身体还强壮得很！随着生活水平与医疗水平的提高，人的寿命已不再那么短……"

原来，又是一个误会。

基苏木：当时只道是寻常

1

这日下课后，我来到镇上的网吧。

想下载"太极拳"的教学视频，以教他们时不至于闹出太大的笑话。没想到这网速极度让人绝望。一小时过去了，那下载的图标才往前挪动了一丁点儿。最后，实在没办法，只好一边在线播放，一边用相机录制。虽然也很卡，但似乎比下载要快么一点儿。

这晚，将此得之不易的太极拳视频观摩了十来遍，终于将脑海中沉睡了好些年的记忆唤醒。接着，又在房间里练习了几遍。明日，就要"赶鸭子上架"教他们了，心中极为紧张。

次日下午3点半，校长将六、七、八年级的孩子聚集在了操场上，约一百来人。没有喇叭，没有音响，也没有相配的音乐，只有我扯着嗓子在叫喊。

首先，深呼吸，缓缓迈开右脚。双手前伸，半蹲。

第一招，左野马分鬃……

眼前的他们，正跟着我缓缓动作，但却都显得如此僵硬。有些学生，竟望着我，只自顾自地捂着嘴、笑成了一团。我想，我的动作肯定亦是极其难看，才让他们如此忍俊不禁。当年自己学太极时，便考了两次才勉强被老师批为及格。但愿，他们能很快忘记我打太极时的难看样子。

整个操场，唯有校长，立在前排，一丝不苟，认真学着做着，有模有样。其余学生，在我的不专业教学下，都是乱摆一气，姿势千奇百怪，让我几近放弃。

这样不行。于是，又招呼着他们全都从头开始。

一个一个的动作来。每个动作立定，我走进人群，检查每一个人的动作，谁做得"太不像样"，便纠正谁，俨然我们大一军训时的教官。

如此一来，进程极其缓慢。一个多小时过了，竟还只勉强做到了"手挥琵琶"。累煞我了。看来，这不仅是个技术活，更是个体力活啊。暗暗告诫自己：以后出门在外，别再如此胡乱逞能。

2

运动会初赛结束，学校的男、女足球踢进了前几名。

接下来，我们将去离纳库鲁几百公里的基苏木（Kisumu）周边一小镇参与半决赛。若能胜出，届时将去蒙巴萨（Mombasa）参加决赛。踢进半决赛的男女足球员们，个个异常激动欣喜。我也深受感染。

凌晨4点多便爬起床，与校长坐了个摩托，又在诊所处接了Sam，再赶往另一地方与载学生去参赛的大巴汇合。

上了大巴，却发现车上座位有限。结果，校长手一挥，又交代Sam带我去镇上的车站改乘公共交通。并叮嘱我们，"到了参赛学校，一定要与我来会合"。

天尚未亮，我们两人来到镇中心的汽车站，再次受"无固定发车时间"之苦。这么早出门坐车的乘客，少之又少。于是，我们傻坐在车上，从天黑等到黎明，再等到第一缕阳光照射大地。乘客这才开始陆续到来。

前后在车上等了近3小时，终于出发。

由于没有直达车，1个多小时后到达Molo，再转车。来到Molo车站，司机却告诉我们，从这个小镇到目的地的面包车，最早的一趟也该是两小时后了。趁着等车的空档，我们便在这小镇逛了逛。

虽才早上8点半，但街道上已塞满行人与车辆。店铺也大都已开门营业，开始了一天的忙碌。我们来到一早餐店。点了奶茶、烤肠与油炸粑（Mdazi）。

这些天来，发现Sam似乎是一极好的同伴。他细心周到，肯为他人着想。为人处事中表现出的宽容大度，与我接触到的其他本地人斤斤计较的处事态度似乎有些不同。他的成长过程虽曲折多难，曾生活于水深火热，却依然能如此积极上进、认真负责地对待自己的工作与生活，让我有些刮目相看。我把他当作是天上砸下来的好玩伴。

但，君子之交淡如水。我时刻提醒自己。

吃完早餐，在镇上肆意行走。

路边，有好些木头搭建的简易小棚，售卖芒果、香蕉、牛油果、百香果。这是本地最为常见的几种水果。这里的牛油果，个头普遍较大。根据品种不同，分有淡青色、深青色与紫色。果肉则为淡黄或淡绿。在Milk家时，她妈妈每天都会从农场摘回一大盆，分不同品种，她说深紫色的最香甜。

当地的牛油果吃法分有几种。或切开撒盐，用勺子舀了吃；或与花生酱搅和成一团吃；或切片，撒盐，夹在面包中，做三明治；或混合香蕉、芒果或百香果，榨成果汁。另外，他们还售卖尚未成熟的硬香蕉。将其削皮放入水中，与肉类或豆类炖煮，如土豆一样的做法。吃起来，竟也有些类似土豆，但口感不及土豆细、粉。

这些水果，全是论个卖。个头小的5先令，稍大的10先令，超级大的则20到30先令不等。而蔬菜，如土豆、西红柿与洋葱等，则论堆卖。卖家将它们按个头大小分成匀称的一堆堆，明码标价出售。

虽然方法很原始，但省掉了打称的环节，还可防止不良卖家缺斤少两，其实也不错。

3

走走看看一个多小时后，回到车站。正巧赶上一辆面包车已几乎载满乘客，待我俩被塞进后座，车便全满了。出发。

我们坐在最后一排，又被颠得七上八下。更让人气愤且气馁的是，开了十几分钟后进入一土石混合路，竟发现车后扬起的灰尘全都飞进了车厢内。回过头仔细一看，原来这车子的后盖儿是个关不紧的破家伙！

此时，车内已是一片混沌，灰尘弥漫在整个车厢，坐在最后一排的人，自是成了最严重的受害者。我们霎时又成了名副其实的"土人"。我忙解下围巾，将自己的头部罩了个严实。随后又发现，用围巾捂起来也于事无补。感觉自己嘴里、鼻孔里，乃至整个血液里，都已被塞满灰尘。阳光透过车窗射进来，可看见一整车的灰尘在跳舞。

而车厢内其他乘客，则似乎全都已司空见惯、毫无感觉。再看看Sam，他对着我挤眉苦笑，耸肩表示无奈。

不知过了多久，终于驶上了柏油马路。从满车的灰尘之苦中解脱，可，车却开始极其频繁地停。

只要逢上路边集市或小摊，便停。遇见卖香蕉的，停，30或40先令半打，讨价还价。看见卖菠萝的，停，等待卖主削皮切片装袋。逢上卖玉米的，停，等待烤玉米，撒盐、涂辣椒粉或柠檬汁。有的商贩头顶圆盘，内装香蕉、苹果、菠萝，手提竹篓或麻袋，见到车后便奔了过来。车内乘客或司机，探出脑袋，或下车挑拣，讨价还价，热闹非凡。

好一幅生气勃勃又拖沓无奈的场面。

窗外景色，依然是青山沃土。

远处的青草地里，牛羊马驴自由自在地埋头吃草，或趴在草丛中晒太阳。突然，一大片深绿的草坪上架着几张醒目的白色大帐篷，耀眼地映入眼帘。接着，一大群在草地上玩耍、身着格子制服的学生透过路边的低矮灌木丛出现在眼前。原来，这是个学校！多漂亮的环境啊。接着，Sam 便提醒我准备下车。

此学校，便是我们即将参赛的地点，我们到了！

跳下车，马路对面，便是学校门口。那里站满了学生与老师。正准备进去寻找我们的队伍，突然一个身影冲了过来，一把将我箍住，差点把我冲到，居然是 Estar。她是女生足球兼排球队员，是个极好的守门员。男孩子一样的性格，男孩子一样的发型，且男孩子一样的衣着。虽只是小学七年级的学生，身型却如高中生一般又高又壮。

每每看到她，总让我忆起自己少年时的模样。我也曾是留着一头短发、装扮成分不清男女的假小子。年幼时，没少干爬树、抓鸟、摸鱼、溜铁环、打弹珠、钓蛤蟆等男孩子爱干的事。进大学前，从没穿过裙子，也很少穿露腿的裤子。整日流里流气、上蹿下跳，甚至还进过男厕所如厕。

啊！一去不复返的青葱时光。

4

Estar 带我们进了校园。

大草坪上，停放了 10 余辆校车，代表着一个个远道而来的参赛学校。正值午饭时间，老师们在给学生派餐，是可乐或汽水配一条白面包。学生们席地而坐，围坐在草地上用餐。如此没有营养，却是多数学校的选择。我想，学校的经费，大概只够承担这样的午餐吧。

是惆怅，又是无奈。

与校长会合后，他告诉我们，"现在所有人都在等待下午的消息，不知何时开赛"。

于是我们也决定先去吃午饭。校门外，仅有的一家饭馆，因今日的比赛而爆满。挤满了老师与"有钱拒绝面包与可乐作午餐"的学生。

大多数人，都在吃 Ugali（玉米粑）。这是当地深受欢迎的主食之一。做法很简单：将水烧开，加入玉米粉，不停地搅和，直到成粑，既不太稀，也不太干。出锅后，用右手取一块，在手中捏成团，蘸以带汤汁的肉菜或蔬菜食用。也可不配菜，就着牛奶、酸奶、白开水吃。Sam 说，那是很能扛饿的能量食物。还有一种现成食物，是米饭配土豆。在这里，家常土豆的制法是：放油，加入切片的洋葱与番茄，不断翻炒煎炸，出汁后，再放入土豆，加水炖煮。熟烂后即可出锅。

点了便可上餐的食物仅此两种。

Sam 看了看，说"没食欲"。他想去旁边的肉店买生牛肉。

那肉铺与饭店是联合经营的，顾客可在肉摊上选好肉后再交由厨房烧煮。烧制方法与土豆一样。曾在纳库鲁吃过几回，虽无任何调料可加，但肉鲜汁甜，也毫无膻味儿。他极奢侈铺张地在肉铺里挑了一大块儿约两斤重的牛肉，然后交给厨房，与土豆一起炖煮。

在饭店坐等了一个多小时，肉终于被端上了桌。味道依旧不错。

吃完回到学校。校长说已得到确切通知，下午不再有比赛。具体原因，主办方并未作更多说明，所以不得而知。

我们为了这比赛辗转颠簸了一上午才抵达这里，不甘心就这样又颠簸回去。尽管全都没带任何洗漱用品、换洗衣物、充电器等，但依然决定与学生一道留下来，住一晚，等待明日比赛。

5

晚上，随着校车来到学校附近的小镇。

学生们，将借宿在镇上一所学校的学生宿舍。跟随他们来到该学校提供的宿舍，竟是让人如此触目惊心。这是个由教室改成的宿舍，极大一间。没有床，而是在地上铺着破烂乌黑的单人床垫。一个紧挨着一个，铺了三大排，约有三四十个铺位。每个床垫睡两个学生。除我们外，还有另一学校的学生也在此借宿。待我们赶到时，床上已躺了一些学生。他们蜷缩着身子，盖着极薄的毛毯，有些毯子已破烂得不成样，且都已脏得辨不清花色。加上那极深的肤色，在昏暗的灯光下，一眼望去，整间屋子便是一片深沉的黑灰。

天啊，这就是他们的宿舍！

如此看来，Methodist 的住宿环境算是相当优越了。虽然一个房间也住了大约几十个学生，但他们至少有上下铺床，且干净明亮……

Sam 说，在这里，学校分三种。一是政府建设的公立学校，一是当地人开办的私立学校，还有一种便是外国人筹建的援助性学校。公立小学是免费的，但需自己购买校服与书本，而师资力量与生活环境亦是最差，如眼前借宿的这所。有些家庭，则贫困到连购买校服与书本的钱都无法支付，所以仍有许多小孩儿上不起小学。私立学校的师资环境比公立学校好，但收费较高。凡是收入高一点的家庭，会努力将孩子送进此类学校。援助性学校，如 Methodist，则大都有着自己选择学生的考核机制。要想进入这类学校，前提是需品学兼优，再加上好运。

这里的每个家庭至少有三四个孩子，多则有七八个。收入微薄的家庭，能供得一两个上学，已是相当不易，其余的，便只能辍学。

出了学校，走到街上，四处可见懒散聊天、无所事事的人群。

他们，让这街道显得更为清冷落寞。

校长与 Sam 走在前面，我跟在后头。

他们在寻找住处。这是个偏僻静谧的小镇，仅一条主道，稀疏散落着几家旅社。我们从镇的一头走到另一头，被一间间旅社告知"无空房"。不多的房间，早已被比我们下手快的其他学校老师预订完。最后，在小镇尽头的一角落，找到一间空房，还是个小单间！看着那小得可怜的床，我们仨面面相觑，不知该作何打算。

校长找来了服务员，问是否可再提供一个床垫。准备铺在地上供他俩打地铺。服务员摊了摊手告诉校长，"没有"。在这里，夜晚的气温大概会下降到几度。若直接睡在地上，估计会无法消受。

于是，无奈的校长又开始打电话给其他参赛学校的老师。将近 11 点，总算是联系到一双人间。那里面的两位老师同意挤一挤，将另一张床让给他俩。

终于松了口气：大家都可以睡个安稳觉了。

6

早 8 点，与校车会合，回到昨天的学校。

天气晴好，且很凉快，不冷不热，真是天公作美。据说 4 月后，这里的雨季将断断续续地开始。会持续 4 个月，直到 8 月。昨日下午就下了场雨。雨后的天然球场，更显青葱翠绿，四周被树木环绕，头顶是蓝天白云，清新得如诗如画。

9 点半，球赛终于拉开帷幕。

第一场，是与来自 Molo 的一学校比。

1 个半小时后，我们踢赢了！天却开始下起小雨。于是，我们便冒雨往镇上跑，准备去吃午饭。

冒雨跑回小镇，找了一圈儿，居然连 Mukimu 这样的当地食物都没能找到，意大利面更是妄想。只有 Ugali 与米饭土豆。沮丧地看着

Sam，道，"我不想再吃你们那玉米糊糊了，也不想再吃那粗糙的米饭土豆了……"

"那你去旅馆休息一下吧。"他说完，转身又跑进了雨中。

约半小时后回来了，手里拎着一包生的意大利面，还有些洋葱与西红柿。他气喘吁吁，"我现在去把这个给旅馆，叫厨房做。"

看着他那被雨水打得半湿的衣服与沾满泥土的裤腿儿，惊问自己，"你从什么时候开始竟变成了如此娇气挑剔之人？"

实在讨厌这样的自己。

当日下午，比赛结束。因裁判的失误，我们的足球未能杀进决赛。校长义愤填膺地写了一封"抗议信"给相关组织，请求再一次的比赛机会，却未能成功。

我们失败而归。

再回纳库鲁：人生何处无别离

1

又经过大半日的颠簸，回到纳库鲁，得知又一个不好的消息。

校长夫人告知我们，"家中遭遇了小偷"。她洗了晾在外面的几双鞋、一些衣物，还有我洗了晾在院子里的、下雨天穿的"洞洞鞋"，全都被偷走了。进屋，检查自己的包，发现包里的两百美金也被翻走了。两百美金，一千多块人民币，够在这里生活好几个月了！

随后，她与我们讲述那日的事情经过。

那天早上，他们5岁的小儿子还在屋里睡觉。她把门带上，去到外面商店买些牛奶与面粉回来做早餐。一个来回，也就10来分钟时间，她未曾猜想会有人溜进院子与房间拿东西，所以只是挂上了门栓，并未上锁。

可这偷窃事件，实在非常蹊跷。

客厅茶几上，摆放着校长的笔记本，我房间也放着Sam处借来的笔记本。这小偷全都没要。更让我感觉惊奇的是，在我钱包里，除去美金之外，还有些大面额的肯尼亚先令，小偷竟也没拿，而且，除去百元的美金，也还有一些小额美金，50的20的，他通通没拿。

我百思不得其解。

我想，这小偷，应该不是目不识丁的农妇或农夫。这个人极其了解学校的情况，知道我与校长都去了外地，且还极清楚我住在哪间房。临走前，我还将包藏进了被子里。短短10来分钟，他或她，又要取外面的衣服、鞋子，还得进房间翻看。他是如何一进门就知道我的房间与包所在的位置的呢。

又想起过去的那些天。

平日里出门上课时，我一般会将自己的小包按照一固定的位置与方向摆放。每天从学校回来后，总会发现包有被人动过的痕迹。要么，就是拉链被拉得半开；要么，就是原本的正面向上变成了反面向上。再看看包里的物品，也是明显被翻过的凌乱。即便如此，包内的钱物却似乎不见少。那时，我猜测大概是校长的小儿子心中好奇、翻着包玩玩而已。

如今，会不会是校长夫人见我对他们一家如此毫无防备，便趁着我外出的大好机会，上演了这出戏？

再后来，校长夫人似乎"别有用心"地问我："你知道自己丢掉的那200美金的序列号吗？"或许，她在担心她去银行兑换美金时被认出来。我并不知道序列号，所以，毫无任何证据与把柄的我，只得胡乱猜测。

愈怀疑一件事，发现察觉的疑点似乎愈多。

也许，这些都是心理作用罢。心中虽气恼，却又告诉自己，不必因这身外之物而难过。若真是校长夫人自导自演，那就当买了个教训吧。

害人之心不可有，防人之心不可无。

是千百年来亘古不变的古训啊。

2

资助人 Diane 从美国过来，带了一个团。

他们，可被称作旅行团。旅行中的行程安排之一，便是来到这学校。一行 5 人，均是青年男女。20 几到 30 几岁不等。Sam 说，除学校与诊所外，还有一处教堂，亦由 Diane 集资建立，在内罗毕周边，教堂名亦为 Methodist。Diane 每年都会组织并带领这样的团队过来。一为旅行，二为给学校、诊所、教堂拉赞助。

他们中的大多数，在参观了学校、诊所、教堂后，多少都会予以捐助。加上 Diane 自身在美国的职业为律师，丈夫为医生，平日里省吃俭用亦能存下一些。在几年的坚持努力下，她与丈夫终是在肯尼亚建起了环境相对较好、设施较为齐全的学校、诊所与教堂。虽已开始正常运转，但依旧需要不断投入。为更好的师资力量，为组织学生积极外出参与更多活动，为配备更先进的设施。尽管她年事已高（已 60 多岁），但为了帮助这里的人们，她竭其后半生孜孜不倦地努力。

心中，满是对她的崇拜与敬佩。

这个旅行团，在学校停留了几日。与学生玩游戏、踢足球、上英语课。因他们的到来，学校似比往日变得更为热闹、更富生机。

短短几日的接触，结识了该旅行团中的 Sara。大概因为年纪相仿的缘故，竟似变得有些无话不谈。她在美国从事会计，因就职于一大型超市，每日工作相当忙，晚上常需加班至深夜。于是，公司每年许给她两个月年假，她便用来旅行。她说，已记不清这是自己来到非洲的第多少回了，这是个有着神奇魔力的地方。

于她而言，一次次的离开，都是为了下一次的归来。

学校有一男老师 Micheal，对她一见钟情，随后展开了狂热的追求。Sara 亦是热烈大方又奔放的女子。很快，二人便坠入情网，你侬我侬。

3

但停留不到 10 天，旅行团准备离开。

下一个目的地，是马赛马拉国家公园（Masai Mara National Park）。Diane 听说我尚未去过，便热情地邀请我一同前往。她称，这也算是对你在学校为孩子们付出近一个月努力的一个小小回报。

马赛马拉，与南部坦桑尼亚的赛伦盖蒂国家公园（Serengeti National Park）接壤，并合二为一，是地球上野生动物最多也是最后的栖息地，是《动物世界》最常见的拍摄地，也是大多数旅行者来到东非的真正目的。

最壮观的时候是在每年的七月到八月，据说那是动物们的大迁徙时刻。届时，几百万头角马、羚羊、斑马、大象、犀牛等，将从赛伦盖蒂北上，跨过马拉河，来到肯尼亚的马赛马拉，寻找马拉河的水源，以度过艰难的旱季。其余时候，它们则生活在赛伦盖蒂。

而此刻则为 4 月，我想大多数动物大概都还在坦桑尼亚的赛伦盖蒂没有迁徙过来，于是，我婉拒了 Diane 的一片好意。

这日清晨，旅行团即将离开。

Micheal 为 Sara 送行。他与她，在路边，旁若无人地上演了一场"生离死别"。

她娇小白皙，他黝黑健壮。她将头埋在他胸口，他则稍稍弯身，将她整个搂抱在怀中。他们，仿佛要把彼此用力刻进各自的生命般，紧紧拥抱着。因要出去买些东西，我也坐在车上，准备搭他们的车一道前往镇中心。已进入雨季的清晨，微风阵阵，有些寒冷。车窗开着，风儿似乎要把他的声音吹散。最后，他握住她的手，轻柔地对她说，"记住一定要回来，我会一直等你。"她哽咽着回了句，嗯。

一转头，便泪流满面。

车开后，她开始闷声掉泪。从学校到镇中心，40分钟的车程，她竟是哭了一路。我实在有些看不下去了，开始鼓励她："你回去找他啊，干嘛非得跟他们一起去马赛马拉呢……"她哑着嗓子，说"不行……我不能回去……"随即，她又泣不成声。

回不去的原因，我没再问。

或许，她明白：飞蛾扑火般的爱情，可能无法长久。

④

Sam与Diane一道，带领那团去了马赛马拉。我则继续停留在学校，想完成那"太极教学"。

4月底的纳库鲁，已进入雨季。随之而来的是常见的暴雨。雨后的清晨，走出门，迎面便是阵阵淡泊清爽的凉风。阳光，把雨后的大地衬托出一种透明的色彩，光亮洒落在依然挂着水珠的草地上，叶子显得格外翠绿明亮。屋前这片植了草皮的足球场地，草儿已开始茁壮成长。雨后的它们，更是犹如吸足了油彩，仿佛一脚踩上去便会染上那明绿。天边，还徜徉着几朵白云，似是对昨夜暴风雨狂欢的回味。

一切，都显得如此清新亮丽。

脚上的伤口，每日换药，已持续很多天，却似乎一直未结痂。后来，又干脆将包扎的绷带扯掉，任其敞开两日。我想，也许不包扎会好的更快。结果，过了两日，伤口虽开始结痂，却感觉里面又开始溃疡。

于是，又只好去诊所。下午又下了场暴雨。待雨停后，我走在去诊所的路上。

东边天空，正被一大片乌云笼罩着，而西边，则是一片晴好。好一幅"西边太阳东边雨"的景象。走在田边，突然发现，东边天空那片灰蒙蒙的云间，横跨着一条清晰而又巨大的彩虹！

那条五颜六色的巨桥，就那样宠辱不惊地悬挂在空中。过了一会儿，竟出现了又一条比较模糊的彩虹，与清晰的那条悬挂于平行位置。天空中同时出现两条彩虹，我似乎还是头一回见到。但第二条彩虹并没有变得更清晰，在模糊地挂了一阵后，又慢慢消失了。

直到彩虹完全消失，我才深一脚浅一脚地踏进诊所。

医生扯开纱布，简单察看，又一把将那已结的痂扯掉，接着又在伤口上撒了些白糖，说，"这可以让伤口处的细菌都来吃糖而不去吃你的肉，这样有助于伤口快速长出新肉。"

"可你撒了这么多天的白糖，为什么一直不见它长出新肉……我的脚是不是不会好了……我会不会就这样死掉……"

我有气无力地问医生。因为我突然想到一让人浑身瘫软的问题。

我想，或许我是患了如同白血病一样的病。曾听说一些患了白血病的人，一有伤口就会流血不止。我虽未流血不止，但这伤口已接近一个月不见愈合，本质上会不会与那差不多……

医生大笑起来。

"我的老天，你怎么会这样想！这不过是被什么蚊虫咬过的小口，你就这样紧张？！你这么怕死的啊……"

接下来，他又分析道，"我觉得可能是你这些天运动太多才导致它迟迟没有愈合。我建议你静坐休息几天，大概就会好得快了。"

我虽明白"人生自古谁无死"的道理，但若现在便"香消玉殒"，实有太多不甘。

看来，接下来真该歇停几日才行了。

5

在家中静卧了两日。百无聊赖，只得看电影，用 Sam 留下来的笔记本。

他们出发前一日，他特意拷了许多电影放进电脑，交给我时，郑重其事道，"电脑给我保管好了，等我回来时要是没了，你可得赔一新的给我。"

后来想想，难道他是在以这样的方式将我"困"住，使得我在他回来前，无法离开。一想到他这点小心思竟被我猜透了，又独自傻笑了起来。这小子，居然还跟我使心眼儿……他大概没听说过，道高一尺、魔高一丈吧。

两日过去，脚竟真的奇迹般地好转了。结痂，且没再发脓。真是谢天谢地，感谢真主，感谢菩萨！我如捡回一条命一般兴奋。

这日傍晚，又兴高采烈地出了校门，想去大吃这最后一顿。明天，我准备结束此次志愿者之行，继续上路。再加上，这坏了一个多月的脚终于即将愈合，自是值得庆祝一番。

离诊所不远处，有一小镇。镇中心那条唯一的泥土马路边，或是简陋店铺，或摆满了小摊铺。售卖小生活用品、蔬菜与小零食等。

在那里，可买到烤玉米、炸薯条、烤肉（Nyama Choma），有烤羊肉、牛肉、烤香肠、烤鸡肝。香肠是用羊或牛的内脏剁碎，混入洋葱西红柿胡萝卜等，灌进肠内，先熬煮，再架上铁丝网，烧烤。烤出香味后，10 先令一小段儿地售卖。羊肉与牛肉亦是先炖煮，再烧烤。50 先令一大块儿。

众人围在摊边，随卖随切，蘸盐食用。我最喜欢的是那烤肉与烤鸡肝。

平日里，下了课，偶尔会找一小店，点上一块烤肉，看着服务员将其切成小片，无需其他调料，仅蘸盐，毫无异味，如此香甜。再来上一瓶乞力马扎罗啤酒，或与 Sam 对饮，或独自一人，顿时忘了自己身在何处。鸡肝也极新鲜，亦无需任何调料，仅烤前腌制一下。烤完，外焦里嫩，咬一口，爆出一毕剥声，极为香喷。啃完一串，满口余香。

6

来到平日里常来的肉店，坐定。要了两大块儿烤肉，一瓶乞力马扎罗。服务员用铁箸叉着肉，提着砧板，在我眼前将肉切成一块块儿，又给我拿来盐。我洗净手，与当地人一样，用手抓吃。

尚未吃一半，突然晃过来一人影，并在我面前坐定。居然是 Sam！这……莫不是见了鬼。抑或是自己出现了"脸盲症"。"你……你是……"

"我的老天，才走了几天你就不认识我了？！"他咧着大嘴笑了起来。原来真的是他。

"啊，你什么时候从马赛马拉回来的？！"

"就刚刚！我去校长家找你没找到。我便来这买点吃的，没想到你也在这里！"

如此小镇，如此偶遇，实不稀奇。

"马赛马拉怎么样？看到非洲'五大'（非洲象、狮子、花豹、犀牛、非洲水牛）了吗？"

"哎，我都去过 N 次了。每次美国来了团，便由我与 Diane 带他们去。去了这么多次，我已经毫无感觉了。这次时机不大对，狮子和花豹、还有许多其他小动物都没见着。"

还好，明智如我，没去！

平日里与 Sam 闲聊时，他总喜欢说，等你下次再来肯尼亚时，去给你搞个居民证，只要几美金便可进入马赛马拉，而且那时我已买了越野车，只要你乐意，便随时载你去看动物。我们还可以扛杆猎枪，乘着月色去追踪猎豹……

扛着枪，踏着花豹的脚步，漫步在东非大草原……听上去确实是个相当诱人的提议。

但，太不现实。

我只顾着吃自己的烤肉，竟忘了喊他一起吃。大喝了几口啤酒，沁人心脾。方才从"草原猎豹梦"中醒来，发现他竟愁眉苦脸地坐在对面。

"啊呀，你在想什么？快吃肉，喝酒！"

"听说你明天要走了？"

问完这话，他望着我，目光如凝霜。不拿肉吃，也不喝酒，就那样盯着我。今天早上才做的决定，同校长讲了并已征得其同意。他竟如此消息灵通。

"是啊，我的脚终于好了！现在学校也快放假了，我该再次上路啦。"

这里的学校，每年分为三个学期，一学期为三个月左右，上完一学期便休一个月左右的假。确切的放假时间，由各学校自行安排，稍有不同。校长说，Methodist将于下周开始放假，所以我决定明天上路。因为不想等到学校空无一人了再走。

"如果我今天没赶回来，那你也是明天就这样走了？"他又问。并一瞬间变得哀伤无比。

"额……老板，再来一瓶乞力马扎罗！"无力与他对视，只好唤老板拿酒。

本想和他打个哈哈，告诉他，我会把电脑交给校长，嘱托校长转交给他，然后打电话认真与他告别。可此刻，当他那言不能及的深邃眼神凝固在我身上时，我张了张嘴，却什么都未能说出口。

如果说，人生同舟过渡都是一份百年才修来的因缘，那穿过大半个地球一同上课、打球、喝酒、吃肉、聊天的我们,又是多少年才修来的一聚呢?

人生何处不相逢。

可还有,人生何处无别离。

奈瓦莎：人与动物的共同家园

1

一大早，与校长一家、老师同学道别。

坐车去镇上，前往奈瓦莎湖（Lake Naivasha）。

不顾我的一再阻拦，Sam坚持相送。我们来到镇上的车站，原本不宽的路上被塞满了车与行人。即将离站的小巴上，挂着大半个身子伸在门外的售票员。他们进行着出发前最后的吆喝，配以其手掌结结实实拍打车身的应和声。例如"奈瓦莎，啪啪啪！""内罗毕，内罗毕，啪啪啪，啪啪啪！"

上百辆小巴士，乱七八糟、毫无章法的一顿"啪啪啪"，几乎让人脑袋要炸掉。

去奈瓦莎的乘客很多，并未等待多久，小巴士便塞满了乘客。

启程。坐在副驾驶上，挥手与Sam告别。他夹在熙熙攘攘的人流车流中，待乘坐的小面包车缓缓开出车站，再回过头，见他依然立在原地张望。

最后，终是被湮没在了人群中。

"当你抚平你的忧伤时，你就会是我永远的朋友，你要跟我一起笑。"心中突然想起小王子说的话。

车子缓缓驶出纳库鲁。望着窗外掠过的街道与房屋，我竟有些怅然若失。

我想，或许是因为Sam。那一笑便全露的大白牙，那如幽深水潭的眼眸，那微笑时开始上扬的嘴角，还有那让人难以忘怀的细致温暖。

使劲晃晃头，将自己抽离出来，继续前行。

未曾想，旅行结束回国后的某日，Sam 竟来到中国。见面后，他依旧轻描淡写，"我计划骑摩托车去环游世界，可免费载你，怎样，你来么？"目光，依旧如凝霜。如一年前那个"草原猎豹"梦般美好，却似无法触及。

我不是介意他来自不同的文化、不同的大洲、不同的种族，但若真要掺和进各自的生活，那未来将怎样……无从想象。

我，终究还是个狭隘与现实的世俗之人。

2

奈瓦莎湖依旧坐落于大裂谷内，距离纳库鲁不远，车程一两个小时。

这湖是肯尼亚唯一的淡水湖，湖中盛产鲈鱼和非洲鲫鱼。据说，那是东非大裂谷内海拔最高的湖，由断层陷落而成。

奈瓦莎的沙发主名叫 Jessie，她居住在奈瓦莎湖边往南去几公里的另一处小湖边。

她来自加拿大，10 年前来到这里，购置了一大块地，从此定居于此。她告诉我，在这附近，居住着许许多多与她一样的外来人士。在西方国家，攒上一点点钱，便可在这里买上一大块地。她还说，在奈瓦莎湖的中央，有一个岛屿，也是一处已被人购买的私人领土。湖边，许多地方都已被人用铁丝网围起来，上面标示着 PRIVATE PROPERTY, NO ENTRY（私人领土，不得擅入）。听她说，许多人购买此处土地的目的，是想将生活在这里的动物保护起来，少受人类侵犯，让它们得以在此地自由自在的生活。

Jessie 说，自她 10 几年前来到此处后，随着环境、气候的变化，可明显感到湖泊在逐年变得干涸，湖泊的面积也在每年缩小。

说到此处，她一脸惆怅。

Jessie 与许多西方人士一样，也是素食主义者。我还以为她出生在素食之家，一出生便只吃素，那样便似乎有些顺理成章。后来才知道并非如此。她说自己成为素食者，有两个原因。一是10几年前来到这里时，看到这里许多人都吃不饱，于是她想以自我节制的方式为解决人类饥饿问题而效力；二是她从小在一农场长大，亲眼看到过残杀牲口时动物们的痛苦，所以她选择不吃肉食。

用最具体的行动来捍卫某种信念，并十年如一日地执着坚持，比那些空有想法却迟迟不见行动只知道空谈的人，或只顾关注自身生活而不管任何其他的人，更值得肯定与赞许。

她与我一样是普普通通的人，但心中却怀有某种信念，坚守着自己某块小小的精神园地，而且绝对认真并执着……

黄昏时跟着她走过一大片草地，来到湖边。

尽眼望去，全是茂密的金合欢树。但随着雨季的到来，河水已上涨许多，这些金合欢也已全都没了绿意，只剩下被淹死的树枝。听说这奈瓦莎湖，是火烈鸟的天堂。若遇上几百万的火烈鸟迁徙的局面，可看到湖面被染成红红的一片，极其壮美。除火烈鸟外，据说还栖息着几百种其他鸟类。

但我来到湖边时，只见着几只黑天鹅般大的鸟儿，见游人走近后，便扑棱着翅膀低飞。还有远处掠过的几群白鹭。除此之外，别无其他。问 Jessie 为何没有火烈鸟的影子。她忧伤地说，今年的气候亦不正常，随着雨季的提前到来，火烈鸟已提前飞去其他干燥之地栖息。

原来，是我来迟了。或应归咎于这该死的气候变化。

而这气候变化，又该归咎于人类……

这日傍晚，橙红的太阳挂在西边。

漫天的夕晖、平静的湖面、光着树枝的合欢树。

寂寥的天与地，似只剩下我。独自躺在湖边草地，任孤独吞噬。

3

Jessie 说这湖中有许多河马,但早上看到的概率最大。她每天早起去湖边运动,我也决定明天跟着她早起,去看河马。

天刚微微亮,我们便起了身。

没来得及洗漱,便跟着 Jessie 出了门,往河边跑。河马,是极凶险的动物。去年有一中国游客在奈瓦莎的湖边被河马咬死。在纳库鲁时也曾听 Sam 说,他 70 多岁的姨奶奶也是在奈瓦莎湖边被河马咬死的。河马并不吃人,但它咬人,咬死后便"弃尸而逃"。

未曾想,这河马竟是如此凶险之物。根据 Jessie 的嘱咐,我只可"远远地观望"。

来到湖边,我时而眯眼,时而瞪大,似乎望见有一小块一小块的黑色物体漂浮在离岸不远的水面上。她说,那就是正在睡觉的河马。我数了数,共有一二十块。躲在树后,观望良久,终不得见一只完整河马的样子。

四周,一片静寂。这荒凉,再加上对凶悍河马的道听途说,我始终不敢靠近一步。听说这厮虽然身肥腿短,但上了岸后便跑得极快。且有着巨大的嘴巴。一嘴巴咬上来,非死即残,实在有些吓人。

靠着树,我几乎等到昏睡过去。这样僵持下去不行,我决定走近一点点。

靠近湖边一点后,发现脚下满是泥坑。Jessie 说那是河马昨晚上岸玩耍后留下的印记。它们一般会在晚上出来,在泥巴中打滚嬉戏,寻欢觅食。白天则潜入水中休息睡觉、养精蓄锐。听得她如此一说,脑海中浮现出一幅"河马嬉泥"的场景,似乎也是极可爱的动物嘛。心中少了些恐惧,便又走近了一点点。

突然,Jessie 轻声"hey"我,顺着她的眼望去,是一只河马在移动!只见那块"黑色漂浮物"动了两下,随即启开了一张巨大无比的嘴。

它在打哈欠！天啊，不止巨大，简直是血盆大口！可它的眼睛却极小，几乎难得找见。耳朵更是小，我甚至曾无知地以为它没有耳朵。

Jessie 说，河马的皮肤与别的哺乳动物不一样，它们若是暴露于空气中太长时间，皮肤会干裂。所以，每到岸上待一会，它们便又不得不回到水中。

打完哈欠的河马继续缩成一小块，漂浮在水面上。又等了10几分钟，Jessie 终于再无耐心。她起身去晨练，剩下我独自等待。

终于不负苦心人。水中突然传来一阵啪啪响声。

一只河马起身了！它缓缓移动，渐渐地，露出了大半个身子。从一小片变成一大片，它慢慢地浮出了水面，向岸上走来了！我贴住树干，躲在树后，屏住呼吸，瞪着眼睛，极为紧张。心想，万一自己比较背时，被它发现，那我就立马爬上身边这棵合欢树逃命。

这凶悍的河马，总不至于会爬树吧？

它，扭着肥硕的身子，真的上岸了！天啊，看那小短腿，那细尾巴，只是那极大极宽的嘴，让它的样子显得有几分狰狞恐怖。它在离水不远的岸边停住，前脚跪下，最后完全趴在了泥坑里。它在泥巴里翻了几个滚，躺了不到十分钟，又起身，回到湖里。

又变回了一小块黑色的漂浮物。

④

在河边静住了几日。

偶尔早起去看河马，偶尔沿湖边的公路漫步。这条公路靠近居民村子，是一条凹凸不平的土石路。路边，常遇见长颈鹿、斑马、羚羊、角马、疣猪、水牛等此地常有的动物。

这日傍晚，同往常一样。来到镇上，买了些水果与玉米，便往回走。

马路上呼啸而过的车子，扬起漫天的尘土。路边来往的村民，在尘土飞扬中漫步笑谈，毫不介意。我依旧忍不住用围巾捂住头脸，但于事无补。

突然，在那片尘土迷离中，望见路边草地上走过来一群斑马。它们悠闲地踱着步子，来到马路边，立定。它们想横跨马路，去另一边的草地。村民从旁边走过，它们不躲避，亦不退让。

我站在路边等待它们穿过马路，来到这边。六七只大的，三只小的，可能是一大家子。小的全程被夹围在中间，极受保护。它们的皮毛，黑白分明，油光锃亮。那几只大斑马，臀部宽大浑圆，结实而又性感；耳后脖颈上的毛发，整齐顺滑；总之，很漂亮。只是，看那眼、那嘴、那耳、那身型，明明就是驴啊。若称它们为"斑驴"，似乎更加名副其实。

还有一段人烟比较稀少的马路。

马路边，是草地与灌木丛，再远处，是树林。在这里，可遇见更多动物。有时会窜出几只疣猪，伸着长长的獠牙。它们通常是一群群地出现。见到我后，立定，瞪我两眼，随即惊慌失措地飞奔进灌木丛中。有时会见到羚羊，它们则要淡定许多。顶着弯弯长长的角，身上皮毛是淡褐色，肚子处划过一道黑纹。远远地望见我后，它们似乎明白我不是敌人，淡淡地看了我两眼，又继续埋头吃草。

又有时，会撞见那长着高高的长脖子，在树林中若隐若现，那便是长颈鹿。

这天遇见的是一家三口。一只特别高大，估计是爸爸；另一只较娇小，可能是妈妈；剩下那只便是尚未长大的孩子，立在爸妈中间。极其和谐温馨的一家三口。我停下脚步，望着它们。它们则用极其温柔的眼神，亦向我回望。对视了一二十秒，它们依旧纹丝不动。我走下马路，踏上草坪，想向它们靠近一些。

没走几步，它们便撒开双腿，转身跑进了树林。消失得无影无踪了。

人与动物，本应和谐相处。

但愿，此处一直是你们的和谐家园。

蒙巴萨：生命，量不出死亡的深度

1

2014 年 5 月。上路的第 8 个月。

旅行，只剩下不断的到达与离开。

离开奈瓦莎，前往内罗毕（Nairobi）。

全程柏油路，没有经过颠簸，早早地便抵达了内罗毕。随即在汽车站预订了后天去蒙巴萨（Mombasa）的大巴。售票员说，路程将为 9 小时左右。在车站附近，找了家还算安静整洁的旅社，安顿了下来。

内罗毕，是东非肯尼亚的首都，据说也是东非最大的城市。作为非洲最大的城市之一，它坐拥"东非小巴黎"的美誉，据说也是个生动、有趣的世界性都市。城市绿树成荫、花团锦簇，还有"阳光下的绿城"之称。

但我在内罗毕转了两天，对这座城市并无太多好感。虽然此市最高的大厦似乎也才 10 几层，但其街道，亦如所有其他城市一样，喧嚣忙碌。若要说它是"阳光下的绿城"，那估计是航拍富人区的效果，而我此刻走过的街道，大概是穷人区。

置身于街上，随处可见的是垃圾，还有人流、车流的拥挤街道，以及那残破不堪的稀少绿化带。每每经过曾发生过枪击与爆炸事件的人口密集点时，心中总是涌起一阵惶恐，匆匆走过，不敢多留。

来到乌胡鲁（Uhuru）公园，看到悠闲漫步的人群，悬着的心才放下来。公园中有一个不大的湖，湖边是草地，高大的树木。树荫下，稀疏散落着人群。或一家几口，或青年情侣，或独自一人。有人倒在草丛中睡觉，有人静坐呆望湖面，有人带了面包与饮料在湖边野炊。神情安逸，舒适悠闲。

②

清晨5点多起床，来到订票处门口，上了大巴。

傍晚时分，抵达蒙巴萨。刚下大巴，一股热浪，随即袭来。此处天气，似比已走过的那些城市要炎热许多。虽是海滨城市，但却似乎难以感受到印度洋的海风，有的只是满街的汽车尾气与人声嘈杂。

下车，立马被各种捎客围拢住。我杀出重围，前去与大巴司机打听附近哪里有干净实惠的旅社。在他的指导下，来到一全身被刷成淡黄色、离车站10来分钟路程的五层楼房前。跟随服务员看了看房间，很小，房间放了张1.5米的床后便未剩多少空间。但自带卫浴。价格1300先令（折合人民币约100），也还算得上干净整洁。就这里了吧。

来到蒙巴萨，并非因为它是该国第二大城市，亦非因为它是非洲东海岸的最大海港，而是：一来，它在印度洋边，二来，我要从这里中转去坦桑尼亚。

放下背包，洗去一天的灰土与疲惫。待外面凉快下来，才出门找吃的。

③

晚饭后，在热闹的街头逛了逛。

竟发现许多印度人开的杂货店、面包房、洗漱美容店、小饭店、奶茶馆等。除去本地人，最多的便是印度脸孔。一恍惚，竟有种回到印度的错觉。不敢滞留太晚，9点不到，便往回走。

刚走到距离旅社还有几百米的一个路口，发现那边赶过来许多行人，神色匆忙、面带恐怯。不远处的上空，正浓烟滚滚。想看看发生了何事，便也赶了过去。尚未走过100米，遇到一个警察在设置路障，并拉起了警戒线，禁止行人与车辆通过。忙上前打听，这才搞清楚，有人说："半小时前，那里连续发生两起爆炸，死伤几百人！"

吓得连大气也不敢出。这里离我的住处这么近，才300米不到的距离！

警察又说，具体的爆炸地点在那边车站，是人流密集地之一。现已封锁了现场。爆炸发生后，他们便开始控制周边所有人与车辆，现正在一个个地排查盘问、检查有效证件等。接着，他催促我说："赶快回到旅社，不要再出门。"

传说中的恐怖爆炸案，居然如此近在咫尺地发生了！

开始种种设想。若刚刚，我也在车站附近，那我会成为死亡者之一吗？难说。若我刚刚目睹了爆炸分子掏出并准备引爆炸弹，我会当场勇敢地站出来制止并揭发他吗？难说。若我当时也在周边，那我也会被警察当作恐怖分子嫌疑人抓起来盘问吗？难说。

越设想，心里竟越来劲，直想凑到现场去零距离勘察。只可惜，被警察的严词喝令给挡了回来。回到旅社，一楼大堂人员慌张地叮嘱我要注意自身安全，称"前不久便有一外国游客在这样的爆炸事件中丧命"。

生命，量不出死亡的深度。

在这里。

4

次日，各种报纸的头条满是昨夜的蒙巴萨爆炸案，而且，配了几张血腥混乱的现场插图。极具恐慑力。可我不能就这样被吓走啊，才抵达这座城市呢。

今天，得去印度洋边走走。

按照旅社老板画的线路图，不到半小时便来到了海边。海滩的一头，有许多暗黑的岩石，极其坚硬且扎脚。上次洞洞鞋被偷后，在纳库鲁又买了双软木拖鞋。可是，还没走几步，便脱了胶。

　　于是，又只好提着鞋打着赤脚，开始找寻店铺，修鞋铺也行。拐进一条小巷，便来到蒙巴萨的旧城区。

　　这里的房屋，似乎全是阿拉伯式建筑。

　　走在曲曲弯弯的狭窄巷道里，撞见许多阿拉伯人与印度人。当然还有本地人。另外就是些浅棕色混血孩子。满街上都是挂着大铁锁的木雕大门，抬头可见铁条密布的神秘窗户。仿佛进入了幻想中的"天方夜谭"世界。把我拉入现实的，是街道上无处不在的专为游客设置的工艺品店。几乎，每家每店都有乌木雕塑，有些精美绝伦，有些粗制滥造。

　　走进街道不久，便遇见一修鞋摊儿。递过尚未干水的软木拖鞋，师傅开始沿边缝线圈儿。

　　补完鞋，已近黄昏，我又回到海边。

　　潮水退去的那一刻，沙滩上居然满是螃蟹在横行。追在它们身后，却又不敢伸手捕抓，只好看着它们笨拙地横着身子又钻进沙洞。

　　呈半圆形的海岸线延伸在左右，由近至远的海水从浅蓝变为深蓝。乳白细软的沙滩上，躺睡着一些游人，袒背裸身在进行日光浴。更多的游人，则是闲坐在棕榈树与椰子树交织成的树荫下。

　　他们，或在感慨过去，或在憧憬未来。

　　抑或只是单纯地享受当下。

达累斯萨拉姆：远方的苟且

1

离开蒙巴萨，前往达累斯萨拉姆（Dares Salaam）。

早上6点多，收拾东西退房。来到上车点，找到开往达市的大巴，将背包交给在车边的工作人员，看着他帮我将包放入车底的行李舱中。此时，离发车时间还有20来分钟，便同他说：我去隔壁吃个早餐便来。他满口应着"好"。

吃完，离发车时间还有5分钟。起身结账，往大巴走去。结果，发现标着我那辆"蒙巴萨—达市"的大巴已经不见了！

在这里，没有专门的汽车站，而是各巴士公司在路边一门面处设一售票窗口，自家公司的大巴车便停在这门前的马路边。这样，乘客可以极快的速度购票上车。四下张望，整条马路上都没有看到那辆去往达市的大巴。于是，忙跑进路边的大巴公司询问，结果那售票员说，"车在两分钟前刚开走了"！

"那你快帮我打电话，叫司机等我一下！"我慌乱地对她吼叫。

她却不急不慌回道，"你坐个'突突'车过去，所有乘客都得在渡口处下车，与车辆一同排队上船过河，你肯定可以在轮渡处赶上他们。"

那轮渡处，我这几天去过两遭，也乘了两回车，人与车都超级多。或许真的可以赶上。不过除此之外，也似乎别无他法。于是在路边拦了个"突突"，一路催着司机赶往渡口。想着自己不多的全部家当都在那大巴上，心里又开始设想赶不上大巴后的各种悲惨结局。

好似过了漫长时间，总算是来到渡口。

飞也似的冲了过去。上轮船分两个入口，一个专为乘客，一个专为车辆。放眼望去，乘客那边的入口已被挤得水泄不通，混乱的队伍已排到了二三十米外。我若去排队，那这艘船满了，剩下的乘客就得等待下一班轮渡，那样我就有可能赶不上。

于是，只好冲到专为车辆设置的入口。执勤的保安人员，在听了我的着急解释后，好心地给我放了行。挤上轮渡，看到我的大巴正排在底下车辆舱的最前面。

心里大松一口气。总算追上了，还好！又只是虚惊一场。

2

从蒙巴萨沿着印度洋海岸线一直往南，便会抵达达市。途中看不到海，出现在视野的是时而开阔的平原、时而蜿蜒的小山丘之景。

达市，我没有寻找沙发主。

认识的T在此工作。与他，不仅在高中时同学过一年，也还是同乡。我们的家乡相隔不到一小时车程。他大学毕业后便来了坦桑尼亚，在这边做空调销售。记忆中的上一次见面，还是三年前在国内给他饯行时，没想到，时隔几年再次相见，竟是在这相隔半个地球的异国他乡。

在大巴上，猛然意识到，应该现在联系他才对。万一他现在已不在达市了呢。接到我电话后，T极为惊讶并表示不敢相信。但他大概也无法责备我的冒失与突兀，便告诉我"下午到达达市后联系我便好"。

下午5点半，抵达达市。根据T的指示，坐了一摩托车去与他会合。

车开出不到20分钟，天空突然阴沉下来，开始狂风大作。似乎马上就要降来一场倾盆大雨。果然，没过几分钟，豆大的雨点便开始砸了下来。

行人、自行车与摩托车等纷纷找寻避雨的场所。我的摩托车司机，竟随身携带着空塑料袋！他说，因为这里已入雨季，常下雨，他便带了塑料袋遮雨用。他从口袋中摸出一红一绿两个塑料袋，让我学他的样子套在头上。看着后视镜里一红一绿两个头，我笑得差点跌下摩托车。

他在大雨的逼迫下，将摩托车飙得飞快。一路又不断停下问路。最后，七拐八拐，开了近一小时，终于在一加油站旁见到一个似曾相识的身影。

几年不见，在这里T已被养得白白胖胖。记忆中棱角分明的方正脸，如今彻底长成了饱满肥实的国字脸。而他，看到我的第一句话便是："天啊，乍一看，我还不敢认你，以为是当地的某位黑妹子！"

虽时隔多年未见，但一见面，便开始互相嘲笑取乐。这表明我们之间的随意轻松，还在。这就好。

随即，他带我来到一家看似很气派的川菜馆，吃了久违的大餐，中国菜！我们点了水煮鱼、手撕包菜、夫妻肺片、冬瓜排骨汤。

上菜后，我开始狼吞虎咽，已全然忘记那残存无几的"淑女形象"。

曾经如此平常甚至吃到厌倦的菜品，此刻得来，却宛如山珍海味。

吃毕，他推荐了附近一酒店，说那里环境、价格都适中，又说要请我住，称"这是对你来非洲之'壮举'的一点小小支持。"

心想，都同学老乡这么些年了，那我就不推辞。于是，毫不客气地接受了他这"地主"之谊。10几分钟的车程后，我们来到一幢四层楼房前，房屋上挂着不大不小的霓虹灯，上面标注着"酒店"字样。他用熟练的斯瓦西里语在前台给我办好了入住手续。

他说，来这里三年，最大的收获便是将斯瓦西里语自学成了才。并总结说，"学习一门语言，最快、准、狠的方式便是将自己扔到那个语言环境中去。"

来到房间，空调、彩电、热水器样样齐全。与这一路上的住宿环境相比，这已算是相当现代化了。安顿好后，他又细心地交代我附近哪里有好吃的食物等。待他驱车回家时，已是深夜。

心中，是满满的暖意。

天之涯，海之角，落日故园情。

③

在这里住了两晚，发现离市中心实在太远，便搬了出来。来到靠近市中心且离海边不远的一个旅社。

收拾完房间，吃完早餐，闲下来时，又已是正午12点。阳光很强烈，气温很高，本不该是出门的时间。大概只有傻子如我，才会这个时候出门暴晒。

站在久违的镜子前，看着臂膀、脖子与肩口那黑红的一大圈儿，与有衣服覆盖的地方形成了如此鲜明的对比。再摸摸脸上那晒斑横行、日渐粗糙的肌肤，又看看脚底那被磨出的一层层厚茧，顿时明白，这都是代价。

远方与旅行的代价。

想起印度遇见的同胞W发来的邮件。

与W，是在印度加尔各答的萨德街相识的，她来自福建，与我同龄。毕业后不久便去了新西兰，打工旅行。一年下来，不仅把新西兰玩遍，还攒下一笔不少的钱，如今再次启程。走了许多东南亚国家，随后来到非洲。

她与我讲述起类似的情形。她写道，"我们在以比常人更快的速度变黑变老，这么劳累，究竟是为了什么？我们出来行走，感受这个世界，很多时候都会发现自己能在尚未老去时流浪，在世界的各个角落而感到幸福，因为我们有勇气放弃工作、放弃安稳、放弃熟悉的一切，我们有勇气追求自己想要的，这也许就是我们的幸福。"

旅行或是她真正想要的，如此，她才会切身感觉幸福。我想。

但我却似乎日渐清晰地感到，曾被自己当作梦想的远方与旅行，仿佛开始衍生为另一种"苟且"。

与陌生人搭讪,观察接触别人的生活,放逐孤独寂寥的自己,便是旅行。

远方,是一个个陌生的城市。抵达、停留、离开。如此往复,便是旅行。

重复的背后,似是同一种体验。兴奋之余,我开始感到怅然若失。

一路走来,遇见许许多多的人。有些固执如我,走走停停,追寻着"一直在路上的单纯快感";有些则发现"远方是又一种苟且",于是结束行程而回归生活。

还有一些,坚持将自己消耗在路上,大概是源于旅行带来的一种孤傲之感。他或她期待,在旅行结束后,与别人谈起自己的旅行经历时,可指着世界地图,极为自豪地宣称"我去过这里、这里,还有这里……"在别人投来的羡慕与称赞目光里,他或她便找到了旅行的意义。

远方与旅行,似乎并不是我真正要的。我想。

④

这日,沿着海边,漫无目的地晃。看到一鱼市。各种各种的鱼,大的、小的、宽的、窄的、长的、短的,白花花的一堆堆放着。

岸边,泊满了出海捕鱼刚归来的船只。靠岸后,由岸上人员提了空桶,蹚着水托去给船上的人。船上人员便把鱼舀进桶里,再递回给他,蹚着水回来。

将鱼运上岸后,卖给前来收购的人。卖剩的,便开始就地宰杀。大的用刀、小的用手,挤去苦胆,然后再装回篓子。黝黑结实的人,将装得满满的竹篓顶在头上,驮到海边,沿石阶下水,手拎着篓子边沿,将其浸入水中用力摇晃,这样就能把鱼洗净。

洗鱼人的四周,围着几个十三四岁大的小男孩儿。他们用一小塑料袋在捡拾洗鱼人不时甩出来并沉进水底的小鱼。运鱼及洗鱼的人来来走走,海底之物时常被搅起来,妨碍着那几个捡鱼娃的视线,他们便用一个极简易的塑料罩子套住眼鼻，钻入水底、捞捡那沉落水底的小鱼。

10几20秒后又起身透气，并拉起罩子倒掉罩中的水与沙，再次潜入水中。如此反复，手中的塑料袋逐渐鼓起。

今晚终于可以开荤了，他们想。

晚上，又收到W的邮件。

她在"打工换宿旅行"（help exchange）网站上，联系到一家坦桑尼亚西南边小镇玛卡巴可（Makambaco）的教区，在那里帮忙做点小工，换取免费食宿体验当地生活。她做了两个多星期，觉得环境不错便推荐给我。

曾简单了解过该网站。在此网站上注册成为会员后，可找到需要帮助且愿意提供免费食宿的主人，一般以农场、餐厅、客栈、民宿等居多。世界各地均有，在欧洲、美洲、澳洲一带相当流行且实用，但在非洲似乎不多，所以未注册也未曾过多留意。

听了她的介绍后，决定前往。教区的神父很热心，收到我的邮件后主动打来好几通电话，询问我的旅程安排并表示欢迎我尽早过去。于是，我决定下午去买票。

5

近黄昏，出门前往汽车站。

住处所在地为Pasta，车站处名为Ubongo。公交车出行，约半小时。刚下汽车站，便被捐客们从拥挤的人群中立刻认出，并围了上来。

其中一人竟头上套了只袜子！是耀眼的黄色。平日里，大中午的，街上有人穿棉袄夹克戴各种各样的毛线帽也就算了，可眼前这人的帽子，我左看右看，无论怎么看，都是……是一只袜子啊！他剃得光滑圆溜的脑门上，套上这只温暖亮丽的鹅黄毛线袜，实在让我难以移开视线。在正后脑勺处，这帽子骤然收缩，来了个L型转弯，也就是袜子脚跟处的那个90度拐角！

他凑上来问我是不是要买票。

看着他头上一甩一甩的袜子，我忍不住真想大笑。可又担心他误以为我很高兴要买他的票，于是没答话，憋住笑径自快速过了马路，往车站走去。在物资匮乏、消费水平低下的情况下，非洲人民还有着如此无限新奇的创意，着实令人佩服。

在这里，不同的大巴公司各设了自己独立的售票处，有10几间，一路按数字编号排过去。而"袜子男"，竟不知什么时候又跟在了我身后。

来到1号办公室，被工作人员告知"票已售完"。袜子男开始喋喋不休，说票价是3.5万，跟他走便有票。转身来到二号。柜台内，坐了三个工作人员，都在低头盯着手机。上前询问票价，未等他们答话，袜子男便抢先回答道：3.2万！刚刚还是三万五，现在一下子降到了3.2万。

看来，这"袜子男"不是个善类。

其中一工作人员抬头无奈地望了我一眼，没有答话。我意识到，只要有这"袜子男"在，大概问不到其他票价。转过头气愤地对他吼道："我没问你，我在问别人！请不要说话！"他脸上闪过一丝尴尬的神情。竟乖乖地保持了安静。转身来到三号，终于问得票价2.8万。转身出来，又来到下一间办公室。我打算一间间就这样不厌其烦地对比下去。

果然，价格开始一间间地往下降。最后直至2.5万。最后的最后，我订了一家早上6点半出发、预计下午4点多到达目的地的大巴。走出汽车站时，天已黑，赶路的人却似乎更多。

沿着坑坑洼洼的泥路走到公交车站，挤车回到客栈。

像手掌一样向天空摊开生长的金合欢树

蒙巴萨·印度洋边

海边石坑中的生物

猴面包树中的"夫妻树"与"父子树"

玛卡巴可：教区打工换宿

1

凌晨5点，起床赶路。

自上次在蒙巴萨差点误车后，我便不敢再怠慢。5点便逼迫自己爬起身，早餐也没吃，打了个"突突"车赶往汽车站。6点便来到车站。

票上标注的发车时间是6点半，结果却一直等到7点多才发车。昨天订票时，售票人员称这是"豪华大巴"。从外表来看，的确豪华。但落座后却发现，座椅之间间隔比普通的巴士要小，腿脚基本无法伸展。顿感上当。

一路上，有一马平川的热带树木的大草原，也有高山峡谷地带。有着巨大躯干、短细树枝的猴面包树，姿态万千地呈现在视野中。但没有树叶，只剩下光秃秃的躯干与树枝。它头顶的细枝盘根错节、参差披拂。

猴面包树丛中，若隐若现着一间间泥糊或茅草垛的简陋房屋。洗净晾晒在树枝上的五彩衣裳为这苍茫大地增添了一抹艳丽。

傍晚5点多，抵达了这个小镇。神父Eden与他的皮卡出现在眼前。Eden约莫40多岁。初次见面，他似乎神情严肃，但又不乏和蔼。

2

次日，Eden 带我四处熟悉环境。

这是个集教堂、学校、农场、住所于一体的小区。住所内，各种电器设备齐全，已全然是一个极其现代化的生活场所。甚至还有难得一见的无线网络。

在此处常住的人，只有他与意大利传教士 Cilve。神父介绍说，Cilve 今年 78 岁了，来到坦桑尼亚已 40 多年。因他只讲意大利语与斯瓦希里语，所以我们之间除了简单招呼外，无法进行更多的沟通。看着这位已近耄耋之年、白发稀疏的老人，我开始猜想：当初背井离乡，来到此处，开始肯定会极其思念自己的祖国与亲人，但由于身负使命、无法后退，于是无奈又悲凉地坚持着，直到后来，开始慢慢熟悉并适应，最后，又转悲为喜，欢乐地留在此地安营扎寨……

这该是一个多么漫长又苦痛的过程啊！

教区内，除了侧面有一小栋二层楼房外，其余全是仅一层的低矮平房。格局有些像四合院。院里，种满各种花草果树。Eden 尤喜欢在晚饭后沿着花园外围走廊散步。他说，夜晚可以在那数星星，看月亮，且整个廊道上弥漫着花儿散发出的清香，很让人心旷神怡。

白日里，教堂对面的学校时常发散出学生吵闹奔跑的欢声笑语。

我则在屋内做粉刷匠。两套屋子连接处的走廊墙壁，原本颜色为白色，但由于起了霉点，且有些地方石灰已脱落，显得很旧败，他们便决定将其粉刷成淡黄色。其中一部分墙壁已由之前某个换宿者刷过了，由于时间关系，他未来得及完成便离开了，于是由我来接着刷。

以前没干过此类活。粉刷，看上去是个挺简单的活儿，干起来才发现有诸多细节之处需要细微处理，需要极大的耐心及细心。比如那边边角角，需要用小刷子轻轻地、细细地一点点地刷，若用大刷子的话会把不该刷的地方都给糊上。又比如，要保证每个地方刷得薄厚均匀，才能让颜色更加统一。没刷一会儿，便感觉腰开始酸，背也开始疼，举着刷子的手臂更是越发沉重。

阳光透过玻璃斜射进来，微风吹着挽起的窗帘，飞舞着。再看看这面在我手中变得焕然一新的墙壁，又涌起一阵成就感与满足感。这是劳动创造出的简单快乐。

③

周日，是人们休息上教堂祷告的日子。

Eden 说，他将在清晨 6 点半出发去附近一些村子里的小教堂施教，我也想一起去。于是 6 点也挣扎着起了床，简单洗漱了一下便跟着他一道前往那些小村庄。

清晨，太阳尚未露出头角，风却很大。在路上，碰到许多赶赴教堂的人们。他们穿上平日里舍不得穿的、干净又正式的传统服装。妇女，大都穿着套裙，头上绑着与衣服配套的头巾，绑成帽子状高高顶起，再在后面扎一圈，式样与花色都很亮丽。但也有极大一部分人，打着赤脚，仅套着一件纯白色裙子，又或用一块大白围巾包裹着身子与头部。瘦小单薄的身躯在风中似乎随时可被吹倒。

一路上，他不断在妇女儿童身边停车，先问对方去哪里，若行程一致，便会载上他们一程。他说，在一些偏远的村落里，村民需要走上几个小时才能到达教堂。

8 点多，我们在一处教堂前停下来。这是一栋简陋的尖顶砖房。面积约为百来平方米。前来祷告的男女老少，已坐满教堂内的 10 几排木椅。

神父上前，开始讲话，用斯瓦西里语。不久后，所有人起立，低头闭目。不一会儿，又就地跪下，双手抓着前排椅背，依旧埋头闭目，各自默默祈祷。

不知静寂了多久，人们又起身坐下。神父开始讲话，又是斯瓦西里语。

后来问他，他说当时的讲话内容是他"看过的一些故事或自己的亲身经历"，主题是为证明"上帝无处不在"。

他讲道了约个把小时，终于结束。已排练过的学生唱诗班，上前吟歌摆舞。内容中心依旧是赞美上帝、歌颂上帝。台下的人们，有些闭目沉浸在这歌舞中，有些则跟随音乐、摇头晃脑，还有些依旧双目紧闭、默默祈祷。

歌舞结束后，人们开始陆续离开。

个别村民，来到神父面前，屈膝垂目，似在倾诉。神父后来与我说，这是"忏悔"。在那个简陋的教堂，没有专门的忏悔室，便在台边的小角落里进行。至于"忏悔内容"，那涉及个人隐私，我便抑制住自己的好奇心，未再发问。

我想，上帝虽然无法帮助他们摆脱贫困与疾病，但至少可以在他们艰难的时候，给予他们活下去的勇气与希望。

活着，活下去，好好地活。就好。

4

经过几天的断续劳作，终于刷完走廊。随后，开始刷这栋二层小楼的一楼客厅、厨房与二楼护栏。

坚持刷了一个多星期，今天上午终于把剩下的一点石灰全部刷完。看着焕然一新的敞亮屋子，甚是开心。神父也很高兴，拽着我站到屋前说："是你给它们换上了新装，所以必须合影留念。"

站在屋前草地上，左手边满是橙子树，右手边满是释迦果树。金色阳光洒落在身上，我对着镜头一阵傻笑。他说，以后你一定得再回来看看你亲手刷的房子。

他又一本正经道："从今往后这是你的又一个家，欢迎随时回来！"

黄昏时，跟着 Eden 去小区后面的树林里看他做的蜂巢。

他说，先找些粗大的树干凿空，然后放进一些吸引蜜蜂的食物，再把它们悬挂在树林里。蜜蜂便会被吸引进去，吃食并开始居住。慢慢地，它们便会把那当作自己的家，在里面产蜜。来到后面的玉米地，他又钻进了玉米地里，去查看玉米的生长状况。

不远的路边，围了成群的孩子。

我好奇地走近，原来他们在打水。那大概是个人工坑，不是很深，可能不到半米，孩子们在坑边用小壶舀水到大桶里。水已被搅得相当浑浊。一六七岁的小男孩儿，却提着直径约有半米的大黄桶。待舀到差不多一满桶后，他先把桶用力提起、放在膝盖上，随后，弯腰一手托着桶底、一手扶着桶沿，最后，使出吃奶的力气往头上一举，便放在了头顶。

他双手攀扶着桶边，跟跟跄跄开始往回走。

走了二三十米，他又颤抖着把桶放下来歇息。我忙跑过去，手一挥，说，"我来帮你提"。心想，这肯定是小菜一碟，想当年放了学在家提水时，我可是左右各拎一桶的"大力士"啊。可拎起桶的那一刻，才意识到那水居然那么重！

没走几步，便不得不停下来，吁吁喘气。他见状后，又笑着跑过来，用同样的方式将桶举到了头顶，跟跄着开始往前走。

我立在背后，惭愧地望着他瘦小的身影远去。

伊林加：被风吹过的一生

1

来到伊林加，纯属偶然。

昨天，教堂接到通知，要去伊林加（Iringa，离玛卡巴可近200公里）参加会议，于是便与他们同行。

早上6点，空气中弥漫着大雾。整个教区，都被笼罩在浓雾中，能见度非常低。迷雾中的教堂，不远处若隐若现的森林，似要把人带入中世纪的欧洲……神父，身着黑色长袍，行走在林间小道。迎面而来的白衣女子，遇见神父后，单膝微屈，朝牧师伸出右手、左手握住右手肘，低头轻声问候……

去往伊林加的路上，景色优美。

时而，是绿茵茵的天然草地，时而，是长着土豆、玉米或向日葵的深色沃土，时而，又是种满不知名小树的广阔树林。远处，是连绵起伏的山峦。

途中经过一些小小镇。停车带两旁，有女人在售卖桶装的土豆、西红柿、洋葱。年老的，或年轻的，还有人背上兜着嗷嗷待哺的婴儿。

见有车停下后，她们便头顶着桶小跑过来。用急切的眼神望向司机，并用斯语询问着。我猜，她们在说，"老板，这是刚从地里挖出来的新鲜土豆，带一桶吧！""先生，你看这洋葱多大多好啊，捎上一桶吧！"论桶卖，极为划算，折成人民币才几块钱一桶。

还有人，举着高高的棒子，上面叉着烤熟的玉米。有大巴靠近时，举着玉米的人便忙跑过去,将玉米高举给窗边的乘客。车上乘客不用下车,甚至不用探出身子,就可方便地选取到自己想要的玉米。还有卖水与饮料的,用大桶装着,高高顶在头上,眼睛热切地张望,四处搜寻有购买意向的乘客。

有些已跑得满头大汗。黑色皮肤,在太阳的照射下泛成深紫或深褐的光泽。

一片水深火热。

2

两个半小时后,到达伊林加,这是个建在石头山上的小镇。

我们的车子,驶进了镇上最大的教堂。Eden 说,这是玛卡巴可教区的"兄弟教堂"。他们前去参加会议,我则去镇上转了转。

晚上,来小镇参会的所有人员都回到教堂,约莫 20 来个。

其中,有 10 来个来自意大利,且大都是 60 岁以上的老人。但有一个极其年轻,约莫 30 几岁。不禁让我再次感叹,宗教的力量,是无穷无尽的。强大到让人他不顾一切,无所畏惧。

还有一位 56 岁的哥伦比亚老人,他名叫 Joseph。花白的胡子与头发,满脸的沧桑,显得风尘仆仆,让他看上去竟似年近 70。他说,自己从 30 年前便离开家乡去到欧洲,在伦敦生活了 12 年。随后,便一直漂泊于欧洲,每 3 年回一次家乡。后来,回家后竟发现已没了任何亲人,唯一的姐姐也已搬去美国。再后来,也就是 7 年前,他加入了此组织,申请来了非洲,来了坦桑尼亚,即使天涯海角,也在所不辞。

剩下的人则来自非洲。分别从刚果、乌干达、肯尼亚、南非等地赶来。再加上我这个亚洲人,他们戏称,"这是一次相当国际化的聚会,集齐了四大洲"。

晚上,所有人聚集在屋外草地。露天吃烧烤自助餐。他们都说刚果过来的胖大叔神父很会下厨。于是,他便负责烤肉,我们负责吃。牛肉、羊肉、大肉,全都备了一些。我们坐在一长排桌子前,各自聊天,吃肉喝酒。不久,又有人端来了米饭、煮豆子、玉米粑、土豆泥、蔬菜沙拉,还有橙子、香蕉、芒果等水果。

Joseph 坐在旁边,一直叫我多吃肉,并不停地帮我夹肉,并开始用不知名的青菜叶子包着烤肉吃。

我说,唯一的遗憾是,整个场面只有我一个女性。于是又问他们组织是不是不接受女性加入。他回答,"姐妹也是有的,但不可与我们一起用餐"。原来如此。

吃吃喝喝,直至近 10 点。

仰望天空。因地势原因,此刻的星星似乎离我们特别近,全都眨着眼睛看着我们。尤其是那条星星密集的银河带,明亮、梦幻,几乎伸手可及。

仿佛有风。吹过,好像就是一生。

3

众人各自散去,回到房间。Eden 却已在床上坐定。大惊,难道今夜我将与他共用一间房?!

尽管房间内有两张床,但这……这怎么能让人睡得安稳呢。于是问他,"他们这里没有多余的房间了吗?"他答,没有。

我不甘心,又跑出来看。这是个很大的院子。院子前方是教堂、本教堂神父的起居室、待客室、餐厅等。院子后方则是这里,一整排客房,专供此等场合下其他教堂过来的客人居住。此刻,有好几个房间都是黑的,我想应该没人。

立在院中,不知如何是好。碰上正送完客回来的另一神父。他见我在院中徘徊,便问我怎么还不休息。

"哦……你们这里，还有多余的房间吗……"

"咦，你的房间不行吗？要换房间？"

"不是，是我不太习惯与不大熟的异性共用一间房……"

"哦，那当然，我们这还有多余的房间。你随我来。"

他带领我来到 Eden 隔壁房间，果然没人。随即，他将钥匙交给了我，说明天离开前记得还给他便可。

来到隔壁 Eden 房间取我的随身物品。

Eden 正坐在床头看书。我与他打哈哈，说，"嘿，我找到空房啦，就在你隔壁哦。"他没有答话，只抬动眼皮瞥了我一眼。

其实，我也并非怀疑他"心术不正"。虽然在过去的这些日子，他极喜欢肢体接触。譬如，早上起来，在餐厅或院子里碰面时，他会极为夸张地冲过来，拍肩拉手，招呼我"早上好"；又譬如，在交代我一些工作时，他亦喜欢紧握我手，称"表示亲切与鼓励"，但，并无其他逾矩的言语或行为。我想，他只是单纯的喜欢更多地使用肢体语言吧。

我想，他身为神父，肯定有着自己为人处事的原则与教条，只是，为了明天坐车不那么辛苦，我还是独处一室比较能睡个安心觉。

某古希腊哲学家曾说，不要对一切人都以不信任的眼光看待，但要谨慎而坚定。

莫罗戈罗：天空的另一半

1

玛卡巴可的日子，清闲、宁静。稳定的无线网、24 小时的热水，丰盛的一日三餐。住在这里，大概是我整个旅途中最舒适惬意的一段日子。

而这，却只是在国内时极为普通平凡的生活……

明日离开，将前往莫罗戈罗（Morogoro）。

下午来到小镇车站订票。车站门口的警卫大叔，好心地领着我，来售票处询问。走过一家又一家。我知道，是我自己名堂太多：要早上 7 点左右出发的、位置要靠窗的、座位要不太窄小的……而且，价格要实惠。由于此地只是一个过路站，并非始发站，所以，要同时满足这些条件，并不容易。

最后，到了 6 点，警卫大叔要下班了，我还没买到票。他大概是太过于负责任，竟显得比我还焦急。最后，我便催促他快快下班回家，自己再慢慢找。

莫罗戈罗位于达市至玛卡巴可的中间。从达市过来时，票价是 2.5 万。按理说，从玛卡巴可去莫罗戈罗，价格应该少一些才对。但工作人员却要求一样的价。我极为不解，以为他们又"因为你是外国游客而随意喊价"。

每每遇到这种情形，便会将我内心那股"硬汉"气给激发出来。虽然我看着有些"弱不禁风"，但我可不是弱女子。想欺骗我，怕是没那么容易。于是，斤斤计较地与他们算起账来。

从玛卡巴可到达市，票价是 2.5 万，途经莫罗戈罗，然后从莫罗戈罗到达市，票价是 5000，那从玛卡巴可到莫罗戈罗，是不是应该只收 20000？

这是非常简单的数学题，有没有？！

可他们被我算得一愣一愣，仿佛"从来没有这样的算法"。但随即，他们似乎也开始怀疑自己的票价有点儿不合理似的。售票处的几人，开始面面相觑，大眼瞪小眼。过了几秒，其中一个摇晃着脑袋道，"我们一直都是这样卖的，本地人都是卖这个价啊。"

哼，那我再换一家试试。我咕哝着。

与他们道谢，转身，离开。没走几步，那人竟又追了上来。他低声道，"好吧好吧，那就 20000 卖给你好了，但不要告诉别人！"

于是，又一次与他核对出发时间与座位等，并订了票。

2

莫罗戈罗，是个位于山谷中的小镇。环顾四周，山峰耸立，云雾缭绕。下了大巴，第一眼便望见那些雄伟矗立的山峰。自入非以来，这是难得一见的景色。这个小镇，似乎与别处不一样。我想。

莫罗戈罗的沙发主，名叫 Octa。他家在离镇中心约 20 分钟车程的村子里。将我送到家后，他将我交给了他的女友 Judy，自己则回公司，继续上班。

Judy 来自美国。7 年前，她第一次来坦桑尼亚时，与 Octa 一见钟情。从此，每年两地往返。小半时间在美国，大半时间在这里。

我问她，如此异地，你不觉得辛苦吗？

"有时候会。"

"那为什么不在这里定居下来？或叫 Octa 随你去美国？"

"Octa 很爱这个地方，他不大想离开自己的国家……"

曾以为，这里的每一个人，只要有机会，大概将选择离开。更何况还是去人人向往的美国。

在中国，不也有很多这样的人吗。甚至许多孕妇，去美国产子，仅为得一美国身份。若有人称自己来自美国，那他或她的形象，可能会瞬间变得"高大上"起来。

若说这是因美国是发达国家，那无可厚非。人嘛，都想往高处走。

在国内时，因着沙发客网站，亦结识过一些来自印度的男性。

大多印度男子，肤色较为黝黑。但其中有一位，因为是混血的缘故，其长相、肤色与普通的印度男子不太一样。不仅五官极为立体，亦很白皙，看上去，很有"白种人的血统"。与他熟络后，偶尔闲聊。有一次，听他说起自己的经历。"每每我去酒吧喝酒时，总会遇见许多中国女子前来搭讪，即便我告诉她们我是来自印度，她们仍主动投怀送抱。我在中国5年了，也认识了许多欧美国家的男人，据我所知，即便那些男人一贫如洗，依然有许多中国女子愿意以身相许……"

脸上神情，满是对中国女子的鄙夷与不屑。想与他争辩一番，却似乎又无言以对。

后来又与Judy闲聊。她说，其实早在两年前，她也曾与他一起回去过美国。她以为，让他去那边生活一段时间后，说不定他也会爱上那个国家。但过去不到三个月，她发现他在那里处处碰壁、受人欺负。说白了，也就是遭遇了种族歧视。

是啊，在美国那样"公平民主自由至上"的国家，亦是如此。但他为了她，决定忍辱负重，一心想出人头地。

她不忍心看他那么辛苦，决定陪他回来。她想，或许这里才是他翱翔的天与地。

凡事更多为对方着想，这是爱情的迷人之处。

3

　　Judy 是一名妇产科医生，在镇上唯一一家比较像样的医院就职。谈起自己的这份工作，她似有讲不完的故事。

　　7 年前第一次来到坦桑尼亚，只为旅行。后因一个偶然的机会，她去到一小村落，遇上一名正在难产的妇女。身为医生的她，马上采取了相应措施，挽救了这对母子原本岌岌可危的生命。这位产妇年仅 16 岁，因家庭贫困，被已与父亲离异的母亲卖给了一个年纪已近 60 的老头，成了他的"二姨太"。后来怀孕，这少女因无法继续忍受丈夫的家暴而逃了出来，不敢再回到自己母亲身边，便逃到了一亲戚家。这好心的亲戚接受了她，但家中同样一贫如洗。分娩将至，实在没有钱请产婆，只好在家尝试自己生孩子。

　　Judy 说因那产妇年纪小，加上营养极其不良，骨盆尚未发育完全，生产时那胎儿便被卡在了产道里，导致了难产。幸好她救治及时，否则这少女极有可能与腹中胎儿一道一命呜呼。

　　后来，她又从村民口中得知了更多故事。在那个古老偏僻的村庄，住着几百户人家，附近却没有一家医院，村里的孕妇从来没有做过任何产检。不仅因为医院离得远，交通不便，更因为贫穷。毫无经济来源的他们，即便身患重病、生命垂危，都不一定能凑够钱进入医院接受医治，或进行产检，那是只存在于传说中的概念。方圆几十英里，仅有两个接生婆，还是没有受过正规训练的"赤脚医生"。

　　坐在一旁的 Octa 也忍不住说道，自己的外祖母在生产她第三个孩子时，因宫颈堵塞胎儿无法正常出来，阵痛了三天三夜，接生婆无计可施，竟然坐在 Octa 外祖母的肚子上、蹦了起来，称"她的肚子受了诅咒，压几下或许能将肚中的魔鬼驱赶出来……"

结果可想而知，他外祖母子宫破裂，胎儿依旧没法出来，死在了肚中。最后，因交通的闭塞、雇车的高昂费用等种种原因，她未能被及时送往医院，胎尸腐烂在身体内。因腹腔受到严重感染，她陷入深度昏迷，最后腹部膨胀得如同大气球。几日后，她开始吐血，不久，便凄惨地死去。

如此惊心动魄又悲惨无比的故事，不料却曾是家常便饭，在10几年前的这里。

听后，久久无法释怀。

4

在这7年的来来回回中，Judy明白过来，比起自己国家，这里的人们才更需要她。

于是，她加入了当地医院，并在美国发起一些募捐，带来更多医疗器械和资金，帮助当地人们改善这里的医疗水平。她说，她决定把自己剩下的大半辈子都奉献在这里。但，她强调，"我待在这里并不是因为我是圣人，也不觉得自己在做什么特别了不起的事，只是这里的人们实在太需要帮助，而我正好能提供这种帮助，而且，我也非常热爱这份工作……"

后来，她再次向我强调，"这不是慈善，这是分享。我只是想把世上别处已接近饱和的资源，带到这极其匮乏的群体中来，以平等分享。"

听毕，心中再次涌起一阵难以言说的复杂感情，有对她的钦佩与感叹，但更多的是对自己的憧憬与期待……

若有朝一日自己也可成长为像她那样无私善良、勇于奉献的女子……

旅行结束后，因着W的介绍，看了一本书，《天空的另一半》(Half the Sky)，而书中讲述的许多悲惨景象，竟就是我在那时曾了解过的故事。

在这个世界，竟还有如此多孤苦无助的女性正生活在水深火热中。最末，作者呼吁：若有更多人愿意给予她们一点点关怀与帮助，那她们的生活也许将是另一番天地，真正成为天空的另一半……

桑给巴尔岛：梦里花落知多少

1

桑给巴尔，或是我的最后一站。流浪的日子，将要结束了。

早上，告别 Octa 与 Judy，不急不忙地来到车站。因为 Judy 告诉我，从这里到达市才一两个小时的车程，且每天有很多趟班车。

因已身经百战、经验丰富，来到车站后，便先上大巴车检查其座位的宽窄舒适度等，方才买票上车。9 点多出发，11 点多便抵达了达市。已轻车熟路的我，很快便找到公交车，来到码头，询问去往桑给巴尔岛的船票。

从售票人员口中得知，每日的中午 12 点有船出发，但需提前订票。今天的票，在昨天已被预订完了。于是，我只好定了明天的船。

随后，再次回到曾住过的 YWCA，单人间又已满。

看来，尽管这里的设施不怎么样，却深受背包客的喜爱。左右对面都住满了人，有来自日本的单身女客，有来自澳大利亚的情侣，也有来自美国的幽默大叔。不时传来他们的欢声笑语。客栈，由内而外散发着满满的热闹气氛。

2

次日，吃毕客栈自带的早餐，来到渡口。将背包寄放在舱船公司的办公室，又去了之前喝过汤的鱼市，走走看看，顺便在海边捡了些独特的贝壳。

11点半，回到码头。上船。

船上座位分为几种。卖给外国游客的座位，均是VIP包座。票价30美金。其余本国居民，则分一楼二楼三楼售票，价格不知。

上船后，发现一楼如大巴车上座位一般地排着，大概是普通座。二楼的座位则比一楼宽松一些，大概是商务座。顶楼，则是敞开的，顶上带顶棚，但可吹海风、看海景。不好之处，便是风大，摇晃得最厉害。VIP包间，设在二楼，是一L型大房间。里面摆放着一些长沙发及单人沙发，可坐可卧，大概可容纳二三十人。待船开后，包厢内乘客却不到十人。

其实，我更喜欢顶楼，既可吹海风又可看海景。于是，待船开后，我便来到顶楼。曾坐过的船，都只是从此岸到彼岸不到20分钟的航程，始终在可见着大陆的范围内。从这里到桑给巴尔岛，据说要三四个小时。

今天，终于算是可正正经经地坐一回真正的船了。

说好12点出发的船，在岸边停泊至1点多才缓缓离岸。岸边的高楼大厦，渐行渐远，最后终于全部消失在海平面。四周望不见任何陆地，只有茫茫一片大海。底下是印度洋的海水，呈极深的墨蓝色。

船开出一个小时左右后，海面竟开始狂风大作。我们的船，开始急剧地左右摇摆颠簸。顶层周边，没有挡风布，豆大的雨点被风儿吹打得四处狂甩，脸上身上都是。我双手紧抓着栏杆，无法移步。稍一放松，便感觉整个人将像片树叶一般被吹入风中翻滚起来。水里，望不见任何生物，蓝得如黏稠的汁液一般，随着风浪在有规律地晃动。

望着望着，我的胃也开始翻腾起来。想吐。

于是，颤抖着、摇晃着，随着这喝醉了一般摆动的船，几乎将整个身子吊在栏杆上，踉跄着下到二楼洗手间，准备进去大吐一通。结果发现门锁着，里面有人。可口中已涌上来一股酸水，我捂着嘴巴，赶紧向旁边站着的一男子求助。

无法开口说话，只好急切地望着他，指了指捂着的嘴，又指了指厕所。他马上心领神会，从口袋中掏出一黑色塑料袋，手忙脚乱地打开递给我，来不及表示感谢，我"哇"地一声对着口袋吐了起来……

我的桑给巴尔岛之行，竟如此悲戚地开始了。

3

桑给巴尔，以前是个独立的国家。在过去的几百年中，它被葡萄牙、印度、英国、德国等国家占领，直到上个世纪60年代才宣告独立。后来，与坦噶尼喀（坦桑尼亚的大陆部分）组成坦桑尼亚联合共和国。但，游客出入岛屿时至今仍需盖出入境章，只是无需另外申请签证。它依然保持着自己半独立的身份。

盖章入关后，七拐八拐，来到一小客栈。房内设施简单，看着倒也干净舒服。

近黄昏时，出了门。此客栈位于石头城的一角，距离海边约有10来分钟的路程。即将入夜的石头城，相当热闹。小街小巷中，满是为游客而设的各种工艺品店铺及小饭店，还有一些本地市场，更是熙熙攘攘。路边，摆满了卖各种小吃及水果的小摊儿。

次日，早早地爬起来。

出了客栈门口，便是那一条条时而宽敞、时而狭窄的石头巷子。

当这个岛屿还是独立国家时，这石头城便是它的首府，曾经又是阿曼苏丹的宫廷，建筑都很有特色。不愧被列入世界文化遗产行列。

走在街头，遇见一家看似很本地化的早餐店，便进去吃早餐。老板是个上了年纪的印度老头，但身子似乎很硬朗。他告诉我，这座石头城是1883年在修建苏丹王宫时建起来的，建造房子的石头，都是从别处一块块运来。

摸着这些饱经风霜的石块儿，心想，这星球多奇妙啊。从第一个生命诞生，到现在，再到未来，无穷无尽，而作为个人，与时间长河相比，都只是沧海一粟。

如此渺小，又如此短暂。

④

这日黄昏，又来到海边。

见着一群孩子在一处距海面十几米的岸上玩跳水。旁边，围满了欢呼喝彩的本地居民与外来游客。许多人举着相机或手机，在抓拍他们跳水的精彩瞬间。

这一群跳水的孩子，约有五六个。小至六七岁，大至十四五岁。他们先在岸上后退到十来米远的地方，弯腰做起跑状，随后开始冲到岸边，一跃而下。有些，倒直下落，插入水中；有些，在空中摆出大字形，再落入水中；有些，则保持跑步时的四肢，跃入水中。千奇百怪的姿势。

掉入后，溅起一阵阵浪花。他们在人群的围观下，似乎越跳越来劲。跳下去，又上来，再重新跳。如此陶醉，丝毫不觉疲惫。

右手边，不远处的海面，泊满了大小船。小船，供游客租赁，可去往对面的丁香岛和监狱岛；大船，则是来往于达市与这里的客船或货船。

走下岸。

一边，是那样乳白细软的沙滩，另一边，是如此湛蓝纯净的海水。它们，像调皮的孩子一样，不知疲倦地卷着、跑着、拍打着海岸，又不动声色地退去，只留下一片洗刷得干干净净的细沙。

坐在岸边高地，望着海滩发呆。

5

晚上，看到一篇关于荷西墓的文字。听说，有人认为三毛文章里描述的荷西并不真实存在，只是她幻想出来的而已。

我不相信。若只是幻想出来的生活与人物，她怎么可能描述得如此贴切又打动人心。那样的真挚爱情，那样的沙漠婚姻，那样的细腻感受，若非亲身体验，怎能写得出来。我想，更多人与我一样，相信荷西是真实存在的。

眼前这篇文章的作者，或是如我一样对三毛深深迷恋的人，她去了荷西埋葬的地方，寻找他的墓。

那是远离非洲大陆的一个小岛。荷西在这里失事。出事时，三毛还不在身边。待她赶回小岛时，荷西已离开人世。至亲至爱的人啊，在一瞬间便不复存在。连最后一眼，都未能见上。实在无法想象，那该是怎样的悲戚与凄楚。

该篇文字的作者，是想去找出荷西真实存在的证据。她几经辗转，找到出事地点的当地政府，居然真的找到了荷西的墓。只可惜，时过三十年，荷西的墓碑已杂草丛生、几乎坍塌。工作人员告诉她，说是"因无人缴纳管理费"，便成了那般模样。

看来，自三毛离世后，荷西已逐渐被所有人遗忘，包括他的父母。当初，荷西与三毛结婚时，他的母亲便不满意自己儿子的选择，即便是在婚后，她也还是一直挑剔这个比自己儿子大八岁的中国媳妇。但他们风雨无阻地坚持走在了一起，并那般幸福，甚至在结婚八年后依然如最初一般甜蜜。

她说，虽是与荷西住在沙漠，但我看到是却依然是繁花似锦的世界，就是因为有他在身边。她还说，遇见荷西后，感觉自己成了一个非常纯洁的女子，与他是生生世世的夫妻，曾与他人有过的感情纠葛，都成了过眼云烟。

他们有的，大概是常人不曾有的幸福。于是，荷西的离开，便带给了她常人不曾感受的苦痛。但愿有另一个世界，在那里，她便可与她至爱的荷西，再度相聚。

不再分离。

不再，梦里花落知多少。

6

广阔无边的印度洋边，我又陷入百无聊赖的思索中。

下一个城市，该去哪里。

其实，我真的累了。

再绚烂的风景，看到最后，都开始让人疲倦。

一个个陌生的国家与城市，似乎已无多大差别。即将进入下一个国家的雀跃心情，想要搞清楚那个陌生城市上下五千年的雄心壮志，似都已消失无踪。

似乎，到了哪里、玩了什么，都已变得不再重要。相机，已装进包中，许久不曾拿出来。甚至此刻，对明天将去到哪个国家、哪座城市，也已变得毫不憧憬。

这样的旅行，你还要继续吗……

我问自己。

后记

不说再见

"人生有两出悲剧，一是万念俱灰，一是踌躇满志。"

萧伯纳如是说。

自那晚"扪心自问"后，我决定不再奔赴新的国家、新的城市。

查机票，想回家。订好回国的特价机票，日期在 2014 年 8 月 8 日，近两千人民币。算是相当便宜了。

内罗毕起飞，终点广州。

而从达市回国的机票，不少于 4000。

一路穷游下来，思路已无法从"精打细算"中调离。算算，若从内罗毕回国，还可用多出来的 2000 块干点其他事。

于是，从桑给巴尔岛，回到达累市。再经过摩西（Moshi），在山脚遥望了一眼乞力马扎罗，再从边境小镇阿鲁沙（Arusha），再次来到内罗毕。

在坦桑尼亚的出关处，粗心如我，将用于办肯尼亚签证的 50 美金夹在护照中，忘了拿出来，便将护照递予出关盖章人员。来到肯尼亚的入境处，办理签证时，方才意识到用于办签证的钱已被"顺手牵羊"。

再次回到出境处，可怜兮兮地寻求盖章人员，他却称"什么都未曾看见"。

预料之中。50 美金，300 多人民币，不是个大数目。

之所以如此喋喋不休,讲述此类"事故",是想说,出门旅行,可能遇见各种各样、所料不及之事。

或悲伤,或狂喜。或感动,或失落。

都是一时之念。只是转瞬即逝的思绪。

此时,距离回国日期,仍相差20来天。

不想继续旅行的我,在赤道附近寻了一个驾校,且借住在一当地人家,每日穿梭于南北半球,在一家名叫"Hill-view Driving School"的驾校学习驾驶。

这里的驾校极便宜,每日上课,分理论与实践,直到学会为止。学费折算成人民币,竟不到1000元。

老师是40多岁的女子,讲通俗易懂的英语。极其和蔼,且幽默风趣。不知是因此地路况太差,抑或是因学校资源匮乏,用于驾驶实践课的,是一辆六轮敞篷长卡车,手动挡。全班共七八个学员,除我之外,全是本地人。所学课程,学员可自行选择。有些同学大概是之前学过,竟只上了10来天课便去参加了考试,并通过了。本是无意攀比,但心中大概有着一股"不要给中国人丢脸"的民族自尊心在作祟,甚感压力。

勉强学完全部课程,深有感触。

于我等初学者而言,最难的点,大概莫过于对离合器的把控。

学完后,参加考试,居然通过。但驾驶证,却被告知"得等三至六个月后,方可颁发"。当初选择学车,本只为此门技术,并未想在此取得驾驶证。且据说,即便在此取了证,还需办理一大堆手续才能变为在国内亦被认同的证件。所以,不得也罢。

回国那日。

再次途经中东国家卡塔尔，转机停留近 6 小时。我蜷缩在机场凉爽舒适的"洞洞椅"上，昏睡不已。偶然醒来，前后左右都可听见中文在耳边翻飞。

我知道，我要回家了。

我的行囊，已比出发时轻了许多。

穿用了整整 10 个月，已被磨得破旧不堪的衬衫、牛仔裤、T恤、外套、运动鞋、围巾、披肩，还有那在印度时背上的被套，通通都留在了非洲。

也许，我还会回来。

又也许，我不再回来。

我的心绪，也比出发时空明了许多。

开始慢慢明白：生活，有眼前的苟且；旅行，有远方的苟且。

真正的生活，无需寄托于旅行与远方。

将自己的生活交予他人去评判，

才是不安与苦闷产生的根源。

我想。

保重。

附：特别感谢

20多年的梦，终于尘埃落定。

看上去这不过是一本再平凡不过的书，但却来之不易，亦倾注了许多人的心血，无法一一尽谢。但此漫长过程中，尤有一些感慨系之，想郑重且真诚地向他们道一声感谢。

首先，得谢谢中国华侨出版社副总编辑郭岭松先生从众多旅行类投稿中"相中"了我，愿意给我的文字一个与读者见面的机会。是他的赏识，给了我更多的希望与勇气。

其次，要谢谢我情同姐妹的多年好友孔俊敏及她的先生赵乐。从三月至今，整整半年，他们把我收留在自己不大的家中，包容我、理解我，并无条件支持我。若没有他们做我的坚强后盾，也许我那艰难虚幻的"文字梦"早已在残酷的现实中溃散坍塌。

再次，是要感谢我的大学好友梁甜与徐超。他们俩在阅读了我粗糙不堪的初稿后，从读者角度细心而又有条理地提出了一些中肯意见，由此让我更好地意识这些文字的不足并进行调整与修改。与此同时，更要感谢诸多其他同学兼好友。因了他们的关注与鼓励，我才有了这份坚持下来的信心与动力。

然后，还要感谢旅途中所有为我提供过帮助的沙发主们及善良的人们，没有他们，也许就没有我的旅行。同时也要谢谢在印度结识的同胞胡跃南与安安，书中有些许图片由他们提供（已标明）。

最后，要感谢我最重要的家人们。许多人曾问我："你这样四处游荡，父母怎么想呢？"我想说，我大概拥有天底下最开明豁达的父母亲。瞒着他们初出国门后，母亲常发微信询问我的旅途。我明白她心中装着千万个不放心，同时，也有对我此等"不负责任行为"的生气与无奈。但她并未斥责我。她用母亲少有的坚强内心与宽广胸怀承担并包容了我对自己的放逐。我明白，父母给予我的远远不止养育之恩，他们无边的爱是支持我一路走至今日的源泉与核心力量。当然，我之所以可如此"肆无忌惮"，还有另一个关键人物是兄长阳明。因了有他在父母身边照顾陪伴，我才得以这样放心任性。虽平日里我们联系并不多，但我知道我们一直都是彼此至亲至爱的人。

最后的最后，感谢正在阅读此书的你。

如果没有你，那一切的一切，都相当于"无"。
真心谢谢，所有的你们。
愿我们，都幸福。

图书在版编目（CIP）数据

不负风景，不负韶华 / 阳婷著 . —北京：中国华侨出版社，2016.12
 ISBN 978-7-5113-6619-1

Ⅰ . ①不… Ⅱ . ①阳… Ⅲ . ①游记 – 作品集 – 中国 – 当代 Ⅳ . ① I267.4

中国版本图书馆 CIP 数据核字（2016）第 308386 号

不负风景，不负韶华

| 著　　者 / 阳　婷 |
| 责任编辑 / 焦　雨 |
| 责任校对 / 高晓华 |
| 经　　销 / 新华书店 |
| 开　　本 / 670 毫米 × 960 毫米　1/16　印张 /17　字数 /280 千字 |
| 印　　刷 / 北京建泰印刷有限公司 |
| 版　　次 / 2017 年 3 月第 1 版　2017 年 3 月第 1 次印刷 |
| 书　　号 / ISBN 978-7-5113-6619-1 |
| 定　　价 / 33.00 元 |

中国华侨出版社　北京市朝阳区静安里 26 号通成达大厦 3 层　邮编：100028
法律顾问：陈鹰律师事务所
编辑部：（010）64443056　　64443979
发行部：（010）64443051　　传真：（010）64439708
网　址：www.oveaschin.com
E-mail：oveaschin@sina.com